贵州大学溪望传播文库

华兹华斯的自然观研究

聂萌 著

图书在版编目(CIP)数据

华兹华斯的自然观研究/聂萌著.—武汉：武汉大学出版社,2021.4
(2022.4 重印)
　贵州大学溪望传播文库
　ISBN 978-7-307-22164-2

　Ⅰ.华…　Ⅱ.聂…　Ⅲ.华兹华斯(Wordsworth, William 1770-1850)—诗歌研究　Ⅳ.I561.072

中国版本图书馆 CIP 数据核字(2021)第 045489 号

责任编辑：范绪泉　　责任校对：汪欣怡　　版式设计：马　佳

出版发行：**武汉大学出版社**　 (430072　武昌　珞珈山)
　　　　　(电子邮箱：cbs22@whu.edu.cn　网址：www.wdp.whu.edu.cn)
印刷：武汉邮科印务有限公司
开本：720×1000　1/16　　印张：8　　字数：128 千字　　插页：2
版次：2021 年 4 月第 1 版　　2022 年 4 月第 2 次印刷
ISBN 978-7-307-22164-2　　定价：29.00 元

版权所有，不得翻印；凡购我社的图书，如有质量问题，请与当地图书销售部门联系调换。

中共贵州省委宣传部、贵州大学
"部校共建"传媒学院专项资金资助出版

序　言

18、19世纪在欧洲思想史上是一个动荡不安的世纪，启蒙主义方兴未艾，为了调和新的思想与旧的传统之间的关系，即理性与基督信仰的关系，既有对传统的继承，又涌现出各种各样新鲜的思潮和改革，以英国为例，本书所涉及的当时的各家立场就有天主教、基督新教(新教中又分加尔文宗、路德宗、英国国教、卫理公会)、泛神论、自然神论，而浪漫主义，既是启蒙主义发展的结果，也是对它的反动。试想，一个出生在这样一个众说纷纭的时代的人，当如何取舍自己的人生呢？毫无疑问，这是摆在当时的每一个个体面前的难题。而这些立场，其实也就是他们的回答。

有没有一种可能，在一个个体身上折射出这个时代的诸种光源，有没有一个个体，不仅"经历"而且"消化"了这所有的光源，使我们以一管窥豹，在体会到时代的复杂性与多样性的同时，又惊异于一个个体的包容性？

当带着这样的想法寻访历史的深处，就一定会找到它的绝佳代表，至少是之一——英国浪漫主义大诗人威廉·华兹华斯。

华兹华斯生于1770年，卒于1850年，横跨两个世纪，历经整整80载春秋。这样的高寿在诗人中真是极为罕见，更罕见的是，他还特别喜欢回忆往事，探索自己，并记录自己，把这一生经历的风风雨雨，经过三番五次的修改，悉数呈现于读者面前了。他又是一个极为真诚和开放的人，时代的大风大浪是那么容易在他的身上留下影响。他或者积极地参与，或者竭力地思考，或者尽情地感受，以一颗诗人特有的敏感而又敏锐的心灵，聆听闯入耳中的每一种声音，又以哲人特有的睿智与执著，对它们一一加以审视，或摒弃、或接纳、或突破。所以，与泛神论、自然神论、基督教、启蒙理性、浪漫主义等，他都认真地打过交道，结过缘，除了启蒙理性在他的早期就被完全抛弃，其余的四种因素，一直对他持续地发挥着影响。

而最奇妙的是，这些影响都无一例外地投射到他的自然观上，这就为我们研究他以及这些思想提供了一个极为方便的切入点。

本研究发现，华兹华斯的自然观构成成分十分复杂，形成过程极为漫长。1805年以前，他的信仰是泛神论，自然对于他而言是一种超越性的存在。他也曾追随启蒙理性，是法国大革命的忠实支持者，但是大革命的迅速失败使他对启蒙理性产生了怀疑，最终放弃了这一追求，可是在人性观上，他又深受自然神论的影响，即崇拜人的美德，而自然神论恰恰是启蒙主义的产物。他把自然神论的人性观与卢梭式的浪漫主义天衣无缝地结合在一起，既解释了人性何以是善的，又解释了人性何以成为恶的。自然是真情与美德的土壤，使他可以放心地继续崇拜人的美德。而且，真情才能产生最好的语言，最好的诗歌，这可谓他的浪漫主义文学总纲。基督教的因素一直贯穿在他的诗篇始终，但是1805年以前，更多地是从习俗与传统的角度，一种"无意识"的好感。弟弟约翰的船难使他远离泛神论的和平美梦，开始承受人间悲苦，从而打开了与基督教的相遇之门。归信基督教之后，他一直试图清理与整合自己过去的种种信仰。最终他在这个新信仰的框架下，融入了泛神论里对自然一往情深的爱，融入了自然神论里对人的美德的赞美，融入了卢梭式的浪漫主义对自然之为真情与美德的土壤的观念。

根据以上思路，本文分四章分别对泛神论、自然神论、基督教和浪漫主义对华兹华斯自然观的影响进行论述，具体论述过程如下：

第一章讨论华兹华斯的自然观与泛神论，这一部分先概述了泛神论，尤其是斯宾诺莎的思想，然后通过作品分析展现了华兹华斯早期诗歌中的泛神论特点是如何影响了他的自然观。

第二章讨论华兹华斯的自然观与自然神论，这个部分展现了他对启蒙理性的态度以及他的人性观。他对启蒙理性从追随到批判，但是，他的人性观却深受启蒙主义的产物自然神论的影响，且与卢梭式的浪漫主义相结合，成为其自然观的重要组成部分。

第三章讨论华兹华斯的自然观与基督教，这个部分从与基督教相关的词语及观念、他的弟弟约翰的船难和他的自传体诗歌《序曲》1850年和1805年两个版本的对照等方面分析了他的诗歌中一直贯穿着的基督教因素、他在1805年左右从泛神论到基督教的过渡和他晚年对基督教教义的服膺，我们看到他在基督教的框架下是如何对早年泛神论的自然观做出了调整。

第四章讨论华兹华斯的自然观与浪漫主义，这个部分把华兹华斯的自然观特点放置在整个欧洲浪漫主义运动的背景下，阐述了自然在浪漫主义运动中的独特价值，重点分析了卢梭以自然为旨归的浪漫主义理想，并揭示出这个倾向对华兹华斯带来的影响，尤其是对他的教育观的影响。

本研究对以往的华兹华斯研究是一个突破，不局限于某种既定的方法，也不局限于以华兹华斯为研究的对象，而是通过研究华兹华斯自然观的变迁及构成，呈现出给予他影响的那个时代的种种思潮。本书在方法上比较注重对研究对象"时间性"的把握，抓住了影响华兹华斯抉择的三个重要瞬间，即法国大革命、约翰船难、晚年修订《序曲》，使人物研究更富于动感、更鲜活。本书还引入了国内的华兹华斯研究很少涉及的材料，详细对勘了《序曲》的两个版本，翻译并分析了华兹华斯在约翰船难之后所作的哀悼诗。

目　　录

导言 ·· 1
  0.1　论题的背景与学术价值 ·· 1
  0.2　国内外研究现状 ·· 4
  0.3　本研究的思路与方法 ·· 7
  0.4　本研究取得的成就与局限 ·· 9

第 1 章　华兹华斯与泛神论的自然观 ································· 11
  1.1　泛神论的来源考 ··· 12
  1.2　华兹华斯早年诗歌中的泛神论倾向 ····························· 14

第 2 章　华兹华斯的自然观与自然神论 ····························· 25
  2.1　理性的崛起与自然神论的形成 ··································· 25
  2.2　从追随到批判——华兹华斯对"启蒙理性"的两种态度 ·········· 35
  2.3　崇拜美德——华兹华斯的人性观 ································· 40

第 3 章　华兹华斯与基督教的自然观 ································· 43
  3.1　与基督教有关的词语及观念 ······································ 44
  3.2　弟弟约翰的船难给华兹华斯的自然观带来的冲击 ············ 47
  3.3　《序曲》前后期的信仰分野 ······································· 68

第 4 章　华兹华斯的自然观与浪漫主义 ····························· 83
  4.1　浪漫主义的缘起及本质探究 ······································ 83

4.2 卢梭开启的"自然"之梦 ·· 90

4.3 浪漫主义艺术与古典主义艺术的自然观之争
——以园林艺术为主线 ·· 94

4.4 自然是真情的土壤——华兹华斯的浪漫理念 ················· 100

结语 ·· 110

参考文献 ·· 114

附录 3.2 相关地图 ·· 119

导　言

0.1　论题的背景与学术价值

本书旨在通过对 18 世纪英国诗人威廉·华兹华斯（William Wordsworth，1770—1850）的自然观的研究，了解在启蒙运动掀起的时代浪潮中，欧洲的知识分子如何自处。当传统的基督信仰在遭遇到近代理性挑战的时候，不同的人做出了不同的选择。

有的人选择持守原来的信仰模式，如经院哲学家阿奎那，他试图把亚里士多德哲学所代表的理性并入奥古斯丁所代表的基督信仰之中，使二者互不冲突，以稳固人们所熟悉的基督信仰，时代的新问题就安然居住在旧的框架下，宗教改革之后，仍然有许多人选择继续坚持大公教会的传统，即天主教传统，比如法国的大主教雅克·波舒哀，只不过他认为大公教会的绝对无误是来自使徒传统，而非教皇本身的无误，他所引领的乃是"天主教启蒙运动"。

有的人选择反叛被中世纪的世界观视作理所当然的一切，如文艺复兴运动中的时代弄潮儿，他们拒绝了中世纪的哲学、科学、文学、艺术、地理、社会以及宗教，选择全新的与之抗衡的世界观，主要是指基督教体系之外的新柏拉图主义，这个时候涌现出弗兰西斯·培根，威廉·哈维，约翰尼斯·开普勒等一批主张通过实验来揭示自然规律的科学家，他们的方法和结论都给中世纪的种种权威性观念带来了巨大威胁。

有的人选择更新基督信仰，远的有马丁·路德、约翰·加尔文等，近的有乔治·怀特菲尔德和查理·卫斯理等，路德承袭了文艺复兴时期的人文主义，主张回到使徒保罗的《罗马书》，重申"因信称义"的单纯教义，加尔文使改革宗教的精神覆盖到法国、苏格兰,以及荷兰等整个欧洲大陆,但日益上升的新教势力与原有的天主教势力之间产生了剧烈的张力,甚至为此爆发了持续几个世纪的宗教冲突与战争,比如巴塞罗缪大屠杀,法国的天主教军队一共屠杀了全国20000新教徒,而泛欧洲的三十年战争(1618—1648)则几乎是两次世界大战的预演。

有的人则完全站在理性的立场来重估一切价值,他们中的先驱者是托马斯·霍布斯和雷内·笛卡儿,霍布斯和笛卡儿都主张以机械论的方式理解世界,正因为宇宙如同一套机械设置,它才是可以"理"解的,理性才能成为认识世界的颠扑不破的法则,而不是像新柏拉图主义那样,整个世界笼罩在一层神秘的面纱之下,物质之间彼此施加着神秘的影响。以理性为重整世界的尺度的观念结出的最早的果子就是英国的政治哲学,霍布斯在其名著《利维坦》(1651)中提出了这样的主张:政府应当建立在自然法而非神权授予这样的基础上,政府只因人民的意志而存在。在他之后的洛克被称为"启蒙运动之父",他所倡导的自由主义和宽容的价值观影响深远,到现在作为启蒙运动的宝贵遗产依然为全世界所接受。他认为教育和自由的个人权利将为人们有益地运用理性提供适宜的环境,而理性应当成为我们在政治、道德及宗教上所持有观念的最终仲裁者。就这样,理性成为那个时代凝结一切元素的中心。伏尔泰深深服膺于洛克,他试图在法国做他的"英国梦",使英国的自由主义、理性主义和宗教宽容等价值观也为法国所接受,法国的天主教会成为他实现理想的最大障碍,因此他对其展开了一系列猛烈的抨击,他的口号是"消灭丑类"("Crush infamy")。不过,他并非完全拒绝宗教信仰,他所信奉的乃是经过理性精简之后的上帝信仰,即"自然神论"。这种信仰风靡一时,成为那一代许多知识分子的追求,在法国大革命中,它甚至被贯彻为举国上下的宗教纲领。从这个立场再往前迈进一步,即认为连承认上帝的存在都是人类福祉的杀手,便是无神论了,比如霍尔巴赫男爵,在他的《自然体系》(1770)一书中,提出了一套唯物的机械论世界观,还有那位编撰百科全书的丹尼斯·狄德罗,他因为相信达尔文的生物进化论而被投进监狱,也因为把理性所特有的秩序带进知识界而引人瞩目。不过,也有人尝试把笛卡儿哲学中的上帝存在和灵魂不灭观念与基督教相结合,建构出一套类似于经院哲学的笛卡儿神学,这种思路经过斯宾诺莎的改造,便发展出一种十分特别的"泛神论"。

我们发现,理性的崛起带来的一个直接影响就是欧洲自然观的改变。从前俯伏在中世纪神学观念之下的自然("神即自然")突然有了前所未有的意义,它可以被科学家们使用实验方法来研究,可以被改教家们对造物者与受造物截然二分而脱胎为一个独立的"他者",可以被启蒙主义者们理解为一个"机械化"的存在,无论是出于自然神论还是无神论。从前一直神秘莫测的彗星,常常被解释为某种征兆,比如拜约挂毯(Bayeux Tapestry)上的那颗彗星就因为警示了1066年诺曼底人的入侵而不同凡响;而现在,哈雷因为发现了彗星运行的规律而能准确地预测它下一次来临的时间(他的预言在1758年应验),昔日的神秘性便不复存在了。再比如人们熟悉的"灾异说",在1755年葡萄牙里斯本大地震的时候也遭到了质疑,固然有人继续使用圣经末世论的角度来解释,但也有人把它当作纯粹的自然现象,使用新兴的科学观点来解释,比如康德,甚至一些教内人士。

对于欧洲自然观的改变,另一个重要的动向是浪漫主义的兴起。当启蒙主义的大梦渐渐醒过来之后,越来越多的人提出与之相对的立场。浪漫主义者就是其中之一,他们厌恶启蒙运动中对理智、秩序的偏重,转而迷恋情感、无序。总体而言,他们是怀旧的,只是表现的形式不一,既然理性所代表的文明是如此具有局限性,他们就转向未被这种文明染指之前的"好时代",格林兄弟忙着编纂他们收集的民间故事,莎士比亚被英国人重新发现和重新诠释,许多诗人在其诗作里做着他们中世纪的美梦,比如司各特和莫里斯(William Morris),还有人再次思念起古希腊,比如荷尔德林。一套由多种内容构成的遍及整个欧洲的新的价值观正在形成,除了皆指向理性以外,它们之间并不见得存在有机的联系。在这当中,与"想象力""天才""情感"等价值取向一样,"自然"也是他们对抗"理性"的一面大旗。卢梭毫无疑问是这种追求的代表。他所指的自然不仅是自然界,也是指人们尚未被文明腐化的原始时期。他追求自由,然而在理性称霸的时代,他只看到人的自由是如何被限制,人的整全生命是如何被违背天性的愚蠢要求所扭曲的,在《爱弥尔》中,他表达了对这一社会现实的愤慨,并十分详细地阐述了他培育一个自由、整全的人的理想及实现的步骤。自然,意味着他对人性最好状态的期待。

我们不禁要问,置身于这个新旧思潮层层交叠的时代里,在这众多的自然观面前,华兹华斯这位以一生钟爱自然、创作了大量自然诗而闻名的诗人,在整整80年的光阴里,对这些自然观如何认识与辨别,又如何反思与决断,它们对他的诗歌创作到底产生了什么样的影响？换句话说，他的自然观到底是中世纪式的呢，是自然神论式的呢，是泛神论式的呢，是基督新教式的呢，还是浪漫主义的卢梭式的呢？之所以选择华兹华斯作为我们的样本，是因为他真的十分认真地思考过这个问题，并在其间十分艰难地做出过选择，这些心路历程都记载在他的自传体诗歌《序曲》里。品味这些过程，有助于我们了解到欧洲自然观两次大的转变，是如何具体而微地体现在一个个体的生命中的，而这个真实的生命，又是如何折射出欧洲自然观百年变迁的宏大画卷。

0.2 国内外研究现状

国外的华兹华斯研究主要有以下一些角度。首先是神学与宗教的，比如 *The Christian Wordsworth*, 1798-1805（William A. Ulmer, Albany, 2001）, *Wordsworth and the question of "romantic religion"*（Nancy Easterlin, 1996）, 在一些文学史研究的书籍里也有从华兹华斯的宗教角度进行的专题论述。如 *Theology in the English Poets*, 作者花了大量篇幅来介绍华兹华斯，他的思路是，先讨论华兹华斯所构想的上帝与自然的关系及在他那里自然的涵义，然后讨论自然与人的关系，以及上帝通过这个关系对人施加的影响，最后讨论华兹华斯有关人的诗歌及其神学。然后是生态学的，比如 *Romantic Ecology: Wordsworth and the Environmental Tradition*（Jonathan Bate, 1991）, 还有现象学的，比如 *Wordsworth and the sublime*（Albert O. Wlecke, Berkeley, 1973）, *William Wordsworth and the hermeneutics of incarnation*（David P. Haney, 1993）, 以及政治学的，比如 Francis Jeffrey（1802）, William Hazlitt（1818）, Irving Babbit（1919）, 新历史主义的，比如 Aidan Day（1996）。

国内对他的研究专著也部分承袭了西方的视角，比如赵光旭《"化身诗学"与意义生成——华兹华斯〈序曲〉的诠释学研究》（2007）采用了现象学的视角，丁宏为《理念与悲曲——华兹华斯后革命之变》（2002）采用了政治学的视角。苏文菁《华兹华斯诗学》（2000）是一本对华兹华斯的诗学进行全面而系统论述的专著，她条分缕析，逐一讨论了华兹华斯的情理观、语言观、想象观，其中涉及的史料不乏深入细致，很值得参考。鲁春芳十分有新意的著作《神圣自然：英国浪漫主义诗歌的生态伦理思想》（2009）里专门有一节讨论了"华兹华斯诗歌的生态伦理思想",分别从华兹华斯的人性自然观、神性自然观和理性自然观三个方面进行归纳。高伟光在《英国浪漫主义的乌托邦情结》(2004)中勾勒了英国浪漫主义诗人如何从政治革命中退出,进入大自然,走向自然人性的复归,又如何体会到更深一层的人性,在大自然中发现上帝的临在这条红线。此外,还有大量的论文,更为丰富的视角,归纳如下:

生态批评(ecocriticism)(如龙秋媛、祝华、李雅君);生态美学与"境界论"(张鑫);生态女性主义(eco-feminism)(如于洁、王晶晶);新历史主义(张旭春);用诗人自己的创作理论:"赋予日常事物以新鲜的乐趣"来解读"天人合一的自然观"(赫荣菊);宗教维度:"对经验世界的想象性重构""诗歌被当成是连接有限与无限的中介,并且作为代替了基督教上帝的一种救赎"(许瑾瑜);采用与《圣经》比较的方法,《简论华兹华斯的宗教情怀》(袁宪军);"华兹华斯受自然神论、柏拉图宇宙学说、泛神论等影响,而与基督教精神亦未绝缘"(许思园);"自然崇拜"(史忆南);"自然即上帝这一泛神论思想"(周亚芳、林玉鹏);"神性论自然观"(王琪);对比陶渊明《饮酒其五》的"哲性自然"与华兹华斯《丁登寺》的"神性自然"(王来景、郭伟);比较文学:与陶渊明《归园田居》对比,探讨诗人自然观的不同,认为"两首诗都表达诗人对社会的失望,和返归自然的喜悦,但陶渊明是在天人合一中感悟自由,诗人强调的是主体和客体的和谐统一;华兹华斯则是在自然中净化心灵,体悟自我,诗人推崇的是主体的自我价值"(朱雪莲,郑欣荣);与孟浩然的对比(余艳娟);语言学(王纪东)。

总之,国内外学术界对华兹华斯的研究一般是采取某一种视角为观察点,或神学与宗教,或新历史主义,或政治学,或现象学,或语言学,或生态批评,进而展现华兹华斯的诗歌在这一方面的特点,或者有对华兹华斯的系统研究,分类揭示他的情感观、想象观、自然观和语言观等。这些研究或侧重角度及方法,或立足于华兹华斯本身,在学术意义上自有其优长。但是本书认为,它们对华兹华斯的时代意义挖掘还不够。

我们知道,华兹华斯的生卒年为1770年至1850年,这个阶段正是启蒙运动方兴未艾,整个欧洲思想界异常活跃,政治界风起云涌的时代,新旧思潮一浪接一浪,令人目不暇接,法国大革命的大起大落更是不知牵动了多少人的心,使他们在极短的时间一齐品尝到梦想的巅峰与失望的低谷的滋味。作为一个敏感而热情的青年，华兹华斯对法国大革命自然寄予了极高的期待，他的诗歌中对此不乏溢美之词，他还在大革命后不久亲赴法国，感受这个国度，甚至是"全人类"的光荣。但两年后发生的惨剧给他带来了极大的打击，他迫切需要在情感与理智上重新构造对世界的认识，反思他的价值观、他的信仰和情感的依托地。

泛神论也是启蒙运动的衍生物，早年倾向于泛神论的他在1805年经历了弟弟约翰的船难，这件事深深撼动了他以往对自然的理解，用他的话说，这件事让他更具有"人间味"，即对人间的灾难与痛苦有了切身的感知。也促使他思考比自然还高，更具有永恒特质的存在——上帝。通常认为，在这之后，他逐渐笃信英国国教，不仅新创作了不少更具基督教气息的诗歌，而且基于新的价值观，对以往的诗歌做了删改，这个在文学史上极有意味的动作最直观地体现在他的自传体诗歌《序曲》的几个版本里。我们知道英国是一个十分传统的国家，虽然她对启蒙运动的影响绝不亚于别的国家，但在信仰方面，并未发生过类似法国那样极端的破坏传统的行为。换句话说，基督教并未被理性连根拔起，它依然是广大民众的信仰，而这信仰就浸润在他们的生活之中。即使宗教改革的风潮也波及英国，他们却选择了一种比较温和的方式来解决，把天主教的传统与基督新教的理念加以糅合，创立了"英国国教"，老树发新枝，减少了许多宗教冲突的机会。华兹华斯虽然常游走于时代的前沿，却更多委身于民间，他随时能望见乡间的小教堂，随时与虔敬的乡亲们会面。他从小便呼吸着基督宗教的空气，及至35岁以后在理智上坚定，倒不是一件突兀的事。

当启蒙运动的光辉日渐黯淡之时，浪漫主义逐渐崭露头角，卢梭（Jean-Jacques Rousseau，1712—1778）的著作在他的时代就引起轰动，在华兹华斯的年代里更是已经深入人心了。浪漫主义的价值观深为华兹华斯所认同，无论是重视情感、重视想象力、重视天才，还是重视自然。在这中间，"自然"的地位对于华兹华斯尤其重要，它起着类似"拱石"的作用，把情感、想象力和天才等种种因素串在一起。所以，华兹华斯的浪漫主义是以自然为旗的浪漫主义。说不清是浪漫主义激发了他对自然的爱，还是对自然的爱促使了他接受浪漫主义，抑或浪漫主义如同时代的电波，在不同的个体那里取得共振，总之，一提到华兹华斯的浪漫主义，人们就会想到自然，一提到华兹华斯的自然情怀，人们就会想到浪漫主义。

华兹华斯所生活的时代，就是这样一个新旧思想杂陈、彼此相互冲突的时代，而他又经历了那么漫长的一生，作为一个好学深思之人，势必要对他所接触的种种思潮都作一个审视与判断，摒弃必有痕迹，接纳也必有痕迹，更何况他本是一个热爱整理与记录自己记忆的诗人。所以，通过他折射出的时代意义是非常典型、有价值且意味很足的。本书想做的正是这样一个尝试。如果把泛神论与基督教、启蒙主义与浪漫主义视为两对反题，从大的趋势来看，华兹华斯确实经过了泛神论，抵达了基督教，又经过了启蒙主义，安顿于浪漫主义。但是从具体的元素来看，"存在的必有影响"，虽然他放弃了泛神论，但是泛神论所沉淀下来的对自然的款款深情仍一如既往贯穿在他的诗歌里；虽然他放弃了启蒙主义，但启蒙主义所沉淀下来的对人性的歌颂亦常常回响在他后期的诗歌当中。这四种思潮都曾深深地激荡过华兹华斯，并在经过几次排序之后，共同构成了他的世界观、人生观与价值观。如果把它们比作汇合为华兹华斯人生之河的四条大小支流，那么自然便宛如他乘坐的一叶扁舟，这艘小船与他休戚与共，一同认识这些依次涌来的支流，一同抵御不期然泛起的狂风巨浪，一同享受暴风雨之后视野的拓展与更深的平安。虽然只是一个比方，但也能表达出"自然"对于华兹华斯的重要性。本书之所以选择华兹华斯的自然观为主题，正是试图通过他的自然观来理解 80 年整个的他，并且通过 80 年整个的他来理解 18、19 世纪的欧洲所经历的巨大思想动荡，种种决裂、重组与更新。以华兹华斯本身为视角，去观察一个推陈出新的时代里涌动着的种种立场，这才是本书的初衷。

0.3 本研究的思路与方法

本研究的重心是通过研究华兹华斯自然观的变迁及构成，呈现出给予他影响的那个时代的种种思潮。本研究所使用的方法是理论溯源与作品分析相结合，在分类阐释中兼顾时间性，重现影响华兹华斯抉择的重要瞬间（moment），即法国大革命、约翰船难、晚年修订《序曲》。经过研究发现，华兹华斯的自然观由以下四部分内容构成：泛神论、自然神论、基督教及浪漫主义，它们或贯穿他的一生，或只是某个阶段的选择，它们相互交织在一起，或明显，或暗淡，使其自然观呈现出丰富而有动感的特点。所以本书拟分为四章，对它们逐一进行阐释。

导　言

在第一章里，本书讨论的是"华兹华斯的自然观与泛神论"。本书将先简要介绍泛神论的内容和思维方式的特点，然后对华兹华斯早期（1805年以前）的诗歌，凡涉及泛神论特点的部分，作一个归类和梳理。

在第二章里，本书讨论的是"华兹华斯的自然观与自然神论"。本书将详细追溯这一种信仰是如何产生的；随后，本书会介绍华兹华斯对"启蒙理性"的前后两种态度，主要从两个角度，一个是法国大革命，一个是葛德汶对他的影响。华兹华斯虽然拒绝了"启蒙理性"，却接受了启蒙主义的产物自然神论的人性观，而他的人性观是其自然观的一个重要组成部分。对美德的崇拜是自然神论的一大特点，华兹华斯的诗歌里就常能见到对人性的歌颂与赞美，这与正统基督教的观点其实是相抵牾的，虽然归信英国国教后的华兹华斯对人性依然不乏热爱，但这一时期对人性之美德的崇拜显然是更"无意识的"，即未经过更高一层的反思。之所以说这个人性论也是他自然观的重要组成部分，是因为华兹华斯在这里糅合了卢梭的一个看法，即贴近自然的人才是更有美德的。所以，他赞美的人与自然都有着很深、很近的关系。

在第三章里，本书讨论的是"华兹华斯的自然观与基督教"。本书首先会列出华兹华斯诗歌中常出现的几个与基督教有关的词语及观念，它们出现的时间或在早期，或在后期，说明基督教的观念一直贯穿他的始终，只不过前期更"无意识"些，是作为他所熟悉的民风民俗来接受的，而后期，却是他刻骨铭心的选择。在第二节里，本书将详细讨论这个转向是如何发生的，即他的弟弟约翰的沉船事件如何使他冲破了原先的泛神论世界观。本书在这一节里也会结合约翰·牛顿和约翰·卫斯理及圣经中的例子，以期拓展我们对基督教自然观的理解与感受。我们进而还会涉及一个在当时非常瞩目的历史事件——里斯本大地震，人们对这场自然灾难展开的各种诠释也会帮助我们了解到底自然灾难与基督教信仰是如何扣合在一起的，从而我们会对华兹华斯的心灵地震及其修复更感同身受。在第三节里，本书将通过对照《序曲》1850年和1805年的两个版本展示华兹华斯前后期自然观的不同，即泛神论的自然观如何为基督教的自然观所替代，字里行间的改变反映出华兹华斯将近半个世纪自然观的漫漫重整，意味深长。

在第四章里，本书讨论的是"华兹华斯的自然观与浪漫主义"。本书首先会介绍浪漫主义的缘起与本质特点。然后，本书会聚焦在卢梭身上，了解他的自然观是在什么样的初衷下提出的，主要内容是什么。接着，本书将通过欧洲造园艺术揭示出浪漫主义对古典主义的自然观带来的影响。随后，本书将介绍华兹华斯的《抒情歌谣集(第二版)序》的内容，这篇小文被誉为英国浪漫主义的纲领性著作，从中我们将看到华兹华斯的自然观是如何与其浪漫主义的诉求紧密相关的，他所欣赏的新文学(即浪漫主义文学)的核心特点是具有"真情实感"，具体的实现是在表达上纯朴有力，题材上以田园生活为主，并且他认为后者能为前者提供土壤，因为田园生活所酝酿的人的感情更单纯。重视情感是浪漫主义共同的追求，但是把自然视为滋生真实情感的土壤这样的观点，最初是从卢梭而来的，华兹华斯接受了这一观点，这是他们的独特之处。浪漫主义的追求丰富了华兹华斯的自然观，使其与真情，更与文学表达相连。在这一章的最后一部分，我们还是采用作品分析的方式展现他的这一理念，看看"自然是真情的土壤"是如何体现在他的诗歌中的。

0.4 本研究取得的成就与局限

本研究较为清晰和全面地分析了以抒写自然为其一生之主题的英国浪漫主义诗人华兹华斯自然观的变迁与构成，通过展示其自然观所包蕴的丰富内容，折射出了那个时代摆在人们面前的种种新问题与新选择，大的方面来说，就是基督教、启蒙主义与浪漫主义。本研究采取的方法是理论溯源与作品分析相结合、分类与时间性相结合，使大与小相得益彰，静与动交映生辉。相较于以往的华兹华斯研究，本研究的角度、方法与结论都是比较新颖的。此外，本研究还有两个亮点，一是对《序曲》两个版本的详细对勘，二是翻译并分析华兹华斯在约翰船难之后所做的哀悼诗，这些材料是以往的，尤其是国内的华兹华斯研究很少涉及的，对这首哀悼诗的分析也很好地体现了本研究的主旨。本研究一以贯之的宗教方面的考察维度也是国内的相关研究比较稀缺的。

本研究在两方面存在比较大的局限，一是对与华兹华斯同时代的英国风景画家康斯坦布尔和特纳未做关联，这影响了论证的视野。英国风景画的产生部分受荷兰风景画的影响，部分源于地图测绘的需要，水彩画正是这一实用科学所产生的特殊画种。诞生在同一片国土上的风景画与风景诗之间有没有什么相互的影响呢？这是本研究未能涉及的。二是在对浪漫主义的论述中，忽略了德国浪漫主义的自然观，即自然与无限的关系，使得这一块的论述不够立体。此外，研究者研究的是一位诗人的自然观，所以在把握诗人从理论到诗性灵感的转换方面做得还不够，比如诗人是如何在自然中获取意象、情感和韵律的？这有赖于更专业的文学批评的眼光。

第 1 章　华兹华斯与泛神论的自然观

泛神论是启蒙运动的衍生物，从笛卡儿思想一步步发展而来，到斯宾诺莎这儿达到成熟。它在哲学上只是小小的一支，但对文学和艺术却影响深远。宗白华先生在《艺境》中就曾认为，诗人看待世界的方式最好是泛神论的。似乎这样更能激发他们的灵感。勃兰兑斯在《英国的自然主义》一书中，曾这样描述泛神论，"其表现形式是，人在自我忘却和近乎无意识的状态下，作为宇宙伟大和声中的一个音符和自然融为一体。"① 他认为泛神论精神在 18 世纪已经成为对待自然的感情方面的主导性因素，而华兹华斯的许多诗作都预示着泛神论的特点。照勃兰兑斯看来，"基督教要人们爱自己的同类，泛神论却要人们爱最卑微的动物。"②《鹿跳泉》(1800) 一诗，就因其谴责了残忍的狩猎者，而诠释了泛神论的宗旨。不过，依本书所见，华兹华斯的泛神论倾向并未贯彻一生，而是有时间段的，集中体现于其创作的早期 (1805 年以前)。虽然此后泛神论式的对自然的款款深情依然可见于其笔端，但他的主导思想已经变成了基督教。在第三章里我们将会看到是什么样的事件促使他从泛神论转向基督教，并以长达几十年的时间对早年的作品进行修订，把有明显泛神论的地方都加以"更正"，使自然重新臣服在上帝之下。在这一章，我们将赏鉴他早年带有泛神论特点的诗作。首先让我们先来了解一下泛神论的具体内容。

---

① 勃兰兑斯. 英国的自然主义. 徐式谷，江枫，张自谋，译. 北京：人民文学出版社，1984：43.

② 勃兰兑斯. 英国的自然主义. 徐式谷，江枫，张自谋，译. 北京：人民文学出版社，1984：44.

1.1 泛神论的来源考

1.1.1 斯宾诺莎的泛神论思想

泛神论(pantheism)从语源学的角度来理解，是指神与宇宙是同一(identical)的。从神学的角度来理解，是指接受神的普遍存在(immanence)，但是否认神对于万物的超越性。它回答的是神与万物的关系。泛神论可以被理解为无神论(atheism)，如果无神论是指否认创造者、天佑、神的超越性的话。但是，如果无神论是指否认任何意义上的神性的存在，那么泛神论就不是无神论了。它对神与万物的关系的认识介于传统的基督教信仰与极端的无神论二者之间，与自然神论一样，它也是历史的中间物，只是，昙花一现。

斯宾诺莎(Baruch de Spinoza, 1632—1677)是公认的泛神论的代表人物。斯宾诺莎认为，第一，上帝是存在的，因为祂是万物存在的根本，没有祂，万物的存在也就是一句空话，可是万物明明存在着，由此可推知上帝的存在是绝对清晰的。第二，上帝是无限的，如果祂不是无限的，就必然与他物有关联，从而就不是仅仅从自身出发的了，这样，就不是完善的存在，由此可推知上帝的无限是祂"完善性"属性的内在要求。第三，上帝是不可分的，上帝与实体是同一的，没有分别，这是泛神论最显著的特征，它要处理的问题其实是可能性与现实性的关系。斯宾诺莎认为，在上帝里面没有可能性与现实性的分别，"凡是祂能够创造的东西，祂都已经创造过了。"[1]正是因为这样，从可见的每一物上都可以触摸到上帝，上帝已经完全临在在这个世界上，不需要等待祂在时间中的"作为"。第四，上帝是唯一的，因为实体只有当它是唯一的时候，才不被别的实体所限制，才符合实体的"从自身出发"的自由本性。第五，上帝是不可规定的和不可表象的，这是针对"道成肉身"的人格神概念提出的质疑，斯宾诺莎认为，上帝只能被思维、被观想，而不能被具象，任何的具象都限制了上帝，反而使上帝的概念不再清晰。第六，上帝的遥远和临近，斯宾诺莎意识到上帝的这两个看似相反的

---

[1] 卡尔·雅斯贝尔斯. 大哲学家(修订版)(下). 李雪涛, 李秋零, 王桐, 鲁路, 姚彤, 孙美堂, 译. 北京: 社会科学文献出版社, 2012: 643.

属性的同时存在。对于其"遥远",他说:"奠立上帝之本质的理智和意志,必然与我们的理智和意志有天渊之别,除了名称之外,它们没有任何共同之处,就像作为黄道十二宫的天犬座(hund)与作为狂吠动物的犬(hund)一样。"①对于其"临近",他说:"所有的一切都是上帝的结果,因此上帝在一切之中。上帝并不与世界相分离;它并不是世界的转入到它里面的原因(causa transiens),而是世界的内在的原因(causa immanens)。"②这几句话是我们理解前期华兹华斯的重要线索。上帝对于万物而言是绝对的他者,没有任何共同的东西,但是祂又在万物里面,祂在自己的结果中对世界、对我们完全在场。斯宾诺莎看到的世界,是一个在多样性中不断洞察到那个"一"的世界,是一个否定的东西(具体的东西)被肯定的东西(上帝)所照透的世界。

1.1.2 斯宾诺莎泛神论思想的来源

要想了解斯宾诺莎的泛神论思想从何而来,我们得从笛卡儿哲学谈起。笛卡儿主张思维与广延的二分,认为这个世界是一个机械式的世界,很多人吸取了他这一方面的思想,把启蒙运动对理性的推崇愈演愈烈地进行下去。但也有人尝试把笛卡儿哲学中的上帝存在和灵魂不灭观念与基督教相结合,建构出一套类似于经院哲学的笛卡儿神学,比如阿尔诺就认为笛卡儿哲学与奥古斯丁哲学之间存在很大的一致性。荷兰哲学家古林克斯(Arnold Geulincx)的哲学以笛卡儿哲学为基础,但更强调其中有关上帝的部分,他认为"上帝的意念"支撑和控制着物质世界,上帝是万事的起因。他的观点被称为"偶因论",这个理论遭到了法国神父马勒伯朗士的反对,他认为上帝与祂的受造物是紧密联系在一起的,我们拥有的每一个感觉都是神直接赐予的,我们的每一个动作实际上都是神在动。他的观点与"偶因论"的区别在于一种带有神秘色彩的神人关系,这种看法被天主教主流所排斥,他的著作《寻求真理》(1709)也被列为禁书。马勒伯朗士更直接针对的其实是笛卡儿的唯理主义,即认为世界是可知的,是思想的某种方式的反射,所以通过认真研究概念就可以判断何为真。

---

① 卡尔·雅斯贝尔斯. 大哲学家(修订版)(下). 李雪涛,李秋零,王桐,鲁路,姚彤,孙美堂,译. 北京:社会科学文献出版社,2012:645.

② 卡尔·雅斯贝尔斯. 大哲学家(修订版)(下). 李雪涛,李秋零,王桐,鲁路,姚彤,孙美堂译,北京:社会科学文献出版社,2012:645.

斯宾诺莎也持有这样的观点。他十分服膺于笛卡儿的哲学，只不过笛卡儿把精神世界与物质世界截然分开，而他却认为两者的关系如同一块硬币的两面，统一于一个自有的"唯一的实体"，即神。世界的每一个物体都是神的一个"相"。这个唯一实体可以被认为是以两种不同属性存在——思维和广延。理解每一个物体都可以选择从哪个角度入手，而所见也因角度的不同而不同。由此笛卡儿哲学的身心二元论的难题得以解开，因为当从思想的属性而非广延的属性来理解身体时，思想就是身体。这个思想的结果便是神学与哲学杂糅的又一个新品种"泛神论"，即认为神不在物质世界之外，物质世界是在神里面的存在。由于思想的世界只是物质世界的镜面反射，所以只要一个概念足够清楚，它就是真实而准确的；反之，如果对事物有充分了解，就能建立起对本体的完美解释。斯宾诺莎在这个本体论的基础上构建了他的伦理学，并且他相信万事万物的存在和发生都是必然的、受命运控制的，人的自由表现在因着一个"自我决定"从"炽情"中跳出来，而能从永恒的观点看问题，结果是更像神。

最后，让我们总结一下斯宾诺莎泛神论的要点：一是相信终极者上帝的存在，祂同时也是万物的创造者；二是认为上帝就在这个世界之中，从万物身上都能照见祂的本质；三是这个世界因为有上帝的临在而充满几何式的秩序感，甚至可以说，美感。可以说，这三点都非常充分地体现在华兹华斯前期的诗作中。下面，我们就一一来分析。

1.2　华兹华斯早年诗歌中的泛神论倾向

《(无题)我一见彩虹高悬天上》①(1802)这首诗可谓华兹华斯的名作，以至其中最振聋发聩的一句话"儿童乃是成人的父亲"在两个世纪后竟然成为了一句"俗语"。在约拿单·艾特肯(Jonathan Aitken)2007年出版的力作 *John Newton: From Disgrace to Amazing Grace* 一书中，开篇之首就引用了这句"俗语"②。不过，

---

① 此诗本为无题诗，为了区别，这里以首行代作标题，全书皆沿用此例。另，如不额外说明，本书除《序曲》以外的华兹华斯的诗皆引自：华兹华斯. 华兹华斯诗选. 杨德豫，译. 桂林：广西师范大学出版社，2009.

② Jonathan Aitken. 奇异恩典：约翰·牛顿传. 张鹤，译，北京：中国社会科学出版社，2010：1.

这首诗的重点当在最后一句话，"我可以指望：我一世光阴／自始至终贯穿着对自然的虔敬。"①在这里，"自然"毫无疑问占据了诗人心目中的最高位置。早期华兹华斯的特点也正是自然与上帝并举。虽然华兹华斯生活了整整80年，其思想和情感经历了非常大幅度的变化与调整，但不变的是他对自然的热爱，这条红线一直贯穿始终，正如他32岁时作的这句诗所言。

本书认为，华兹华斯早期的泛神论倾向主要表现在，他把对终极者的追求、依赖和挚爱都投射到自然上面，描写了人与自然亲密相处的种种场面，自然作为心灵的导师如何给予他启迪与领悟力，自然作为欢乐之乡如何激励着他一生孤苦的旅途，自然是何等的美好，以至于其本身就是赞美的词汇，在一些地方，他更是明显地歌颂了自然作为超越性的存在是何等神秘和伟大。在第三章第二节，我们还会触碰到一个关键性的问题，就是泛神论给他的这种灌注在大自然中的秩序感和美感如何被一场船难打破，以至于他久久不能释怀。而正是这种对于他极为陌生的失序感最终促使华兹华斯走出泛神论，认可了人间悲剧的存在。

1.2.1 人与自然的亲密相处

他描写了很多人与自然和谐共处的愉快场景。比如在《致蝴蝶》(1802)中，呈现了他和妹妹艾米兰在童年时期一起追赶蝴蝶的可爱场面。他东奔西扑，妹妹却害怕生猛的动作碰掉了蝴蝶翅膀上面的薄粉。诗句间洋溢着对妹妹温柔的喜爱。显然他惊讶且认同妹妹对自然的疼惜。《麻雀窝》(1801)中，同样是他和妹妹艾米兰结伴去看鸟窝，当一窝"青青的鸟蛋"②映入眼帘之时，他有些惊恐不安，而妹妹除了害怕，还多了一分怜爱，所以她又想挨近，又怕使它们受惊，这左右为难的细微瞬间被华兹华斯体察到了，他十分感动，当回忆到此刻，他不禁赞赏道："她给我一双耳朵，一双眼，／锐敏的忧惧，琐细的挂牵，／一颗心——甜蜜泪水的泉源，／思想，欢乐，还有爱。"③《远见》(1802)同样描写了三个小朋友与自然嬉戏的场景，只不过换成了比他小两岁的安妮妹妹与两个哥哥一同采花，小妹妹不懂事，想采草莓花，小华兹华斯劝告他，草莓花是会结果子的，为

---

① 华兹华斯. 华兹华斯诗选. 杨德豫，译. 桂林：广西师范大学出版社，2009：2.
② 华兹华斯. 华兹华斯诗选. 杨德豫，译. 桂林：广西师范大学出版社，2009：4.
③ 华兹华斯. 华兹华斯诗选. 杨德豫，译. 桂林：广西师范大学出版社，2009：4.

了等到莓子成熟的那一天吃个痛快，千万不要采这些花朵，同样美丽的花还有很多，像雏菊、三色堇、剪秋萝、水仙花、樱草、紫罗兰，它们都不结果子，可以尽情采。这里表达了华兹华斯对自然规律的尊重。人与自然之间更多是一种互动的关系，而不是人可以随意凌驾其上的。他说："草莓够交情，有果子让人吃，这是上帝给它的本事。"①语句之间透露着，连他都为草莓花感到骄傲呢！《宝贝羊羔》（1800）更是描绘了人对自然的照料——小女孩巴巴拉·柳穗如何精心照料爸爸捡回来的流浪的小羊羔，她不仅每日按时喂它淡水和奶汁，还仔细探索它的心意，寻求与它积极的沟通，用尽了慈情爱意。

与小孩不同，大人们与自然的接触还有"劳作"这个层面。在华兹华斯的家乡格拉斯米尔湖区附近，纺羊毛是其中一项非常重要的活儿。牧人们相信，纺羊毛的好时辰是在晚上羊儿们睡了以后，这时候纺出来的毛线更结实、更耐磨。这是一种十分可爱的说法。诗歌《纺车谣》（1812）就是刻画这个民俗。"天上星儿亮又多，/地下羊儿睡满坡；/加劲干！时辰莫错过——/羊儿睡了好干活"，整个场面静谧而温馨，体现了劳作的成人与自然之间美好的互动、彼此的依存。《阳春三月作》（1802）描写了春耕的欢乐场景。"青壮老弱"②一齐投入这场劳作，十分和谐地嵌入整个自然的旋律，"耕田郎阵阵吆喝；/山中有欢愉，/泉中有生趣"。③ 好一曲完整的欢乐的交响！《苏珊的梦幻》（1797）则从反面衬托了人对自然的依恋。苏珊生长在农村，后来被迫到伦敦来当使女，她常常怀念自己在自然中劳作、休息和欣赏美景的日子，在这个喧嚣、陌生的城市，唯一能带给她快乐的就是晨光里画眉的歌唱，这稀薄的大自然的气息勾起了她对湖光山色、乡间生活绵长的回忆，只可惜回忆毕竟只是回忆，幻象很快消逝，"水不再奔流，山不再耸峙，/眼前的色相都悠悠飘逝。"④这是惋惜，也是慰藉。

也有这样的场景，人与自然依偎在一起，在孤寂的气氛中彼此陪伴。比如在《无题（我曾在陌生人中间作客）》（1801）中，华兹华斯这样描写他的情人露西最后的日子，"你晨光展现的，你夜幕遮掩的/是露西游憩的林园；/露西，她最后

---

① 华兹华斯. 华兹华斯诗选. 杨德豫，译. 桂林：广西师范大学出版社，2009：6.
② 华兹华斯. 华兹华斯诗选. 杨德豫，译. 桂林：广西师范大学出版社，2009：98.
③ 华兹华斯. 华兹华斯诗选. 杨德豫，译. 桂林：广西师范大学出版社，2009：98.
④ 华兹华斯. 华兹华斯诗选. 杨德豫，译. 桂林：广西师范大学出版社，2009：97.

一眼望见的/是你青碧的草原。"①人与自然那亲密的交融溢于言表!《无题(昔日,我没有人间的忧惧)》(1799)则更贴近地描写了露西的死,"如今的她呢,不动,无力,/什么也不看不听;/天天和岩石树木一起,/随地球旋转运行。"②亲爱的她完全化入了亲爱的自然,成为自然的一部分。诗歌《有一个男孩》(1798)也描写了一个孤单的生命如何在大自然中发现与享受其奥秘,又如何早逝,与大自然合而为一。"这孩子,他被死神夺走了,撇下了/伙伴们,死的时候还不满十二岁。/好一处秀丽山乡!他生在这里/长在这里。"③

1.2.2 自然与超越性的存在

但自然在华兹华斯这里所担任的角色还不止于此。它是一种超越性的存在,能够塑造人的品性与情感,类似教师、类似母亲。在多首诗歌里出现这样的譬喻。比如在《自然景物的影响》(1798)一诗中,在开篇的不朽诗行里,华兹华斯这样写道:"早在我童年最初的日日夜夜,/你就把种种情感/交织于我的身心;/不是用凡俗鄙陋的人工制品,/而是用崇高景象,用恒久事物,/用自然,用生命,涵煦滋养,使我们/思想感情的元素都趋于净化;/凭这种化育之功,使痛苦、忧惧/都超凡脱俗,——我们由此意识到新房律动的节律也雄伟庄严。"④这里很具体地描写了自然"化育"人类灵魂的过程,当然,这里的自然已掺入了神性的色彩。事实上,这些诗行的主语是"无所不在的宇宙精神和智慧"⑤,这宇宙精神赋予了千形万象以生命,且为诗人华兹华斯自己编织构建了人类灵魂的种种激情,又以最美的事物来净化它,使它圣洁高贵。华兹华斯隐隐约约感觉到在自然之上有一种更超越、更伟大的存在,但是这个存在使他在自然中体会它自己,这是很明显的泛神论思想。如在这首诗中,华兹华斯这样写道:"你以恢宏大度的仁慈,容许我/与自然结交做伴。"⑥

《夜景》(1798)这首诗生动地再现了华兹华斯与自然交会的美妙瞬间。"一个

---

① 华兹华斯. 华兹华斯诗选. 杨德豫,译. 桂林:广西师范大学出版社,2009:28.
② 华兹华斯. 华兹华斯诗选. 杨德豫,译. 桂林:广西师范大学出版社,2009:94.
③ 华兹华斯. 华兹华斯诗选. 杨德豫,译. 桂林:广西师范大学出版社,2009:85.
④ 华兹华斯. 华兹华斯诗选. 杨德豫,译. 桂林:广西师范大学出版社,2009:20.
⑤ 华兹华斯. 华兹华斯诗选. 杨德豫,译. 桂林:广西师范大学出版社,2009:20.
⑥ 华兹华斯. 华兹华斯诗选. 杨德豫,译. 桂林:广西师范大学出版社,2009:20.

沉思的行人"①，猛然被空中的异象惊动———片清澈的蓝天从浮云中突显，里面有无数灿烂的星星跟着月亮一起浮游。诗人一直凝视，直到白云重新把这壮丽的景象完全吞没。这惊鸿一瞥带给诗人的先是"深沉愉悦"②，后是"静穆安详"③，因为这"庄严"④的景象引发了他的"思索"。⑤ 很有趣的是，这里的"思索"与前面"沉思的行人"相呼应，给我们揭示了这个行人的最显著特点——爱思。正是因为有这个特点，这奇妙的景象才不会如过眼云烟一样，仅仅满足眼目的愉悦。我们注意到，诗人确实为所见的景象感到愉悦，他的感官得到深深的满足，可是这愉悦却是"深沉的"，因为掺入了"思"。是什么样的"思"呢？绝不是普通意义上的"思虑"，而是一种对世界本体、生命根源之思。正是这"思"，使得早年的华兹华斯对自然的倾心总带有一种超越感。他不满足于对良辰美景的欣赏，而是试图通过这些可见的美丽深入到不可见的更广大、更神秘的真理中。这乃是因为他对人生的神秘性有非常充足的感知，所以无法满足于所见界，而是被不可见的那部分深深吸引。在还没要确信答案之前，深层的真理与表层的自然粘附在一起，成为典型的"泛神论"，凡在所见之处，他都似乎能触摸到真理。

1.2.3 自然作为心灵的导师

华兹华斯还常能从自然中"悟道"，很多诗歌给我们表明自然是如何成为他心灵的"导师"的。比如在诗歌《瀑布和野蔷薇》(1800)中，诗人就通过瀑布和野蔷薇之间的独特位置联想到它们的关系，当然，瀑布和野蔷薇对此有不同的"思考"。瀑布认为野蔷薇拦阻了它的去路，想用激流把野蔷薇驱逐。野蔷薇却认为，它并不是来"拦路"的，它们之间并不是敌对的关系，而是"融洽"的关系，只不过瀑布忽略和忘记了它们之间的友谊而已。它感谢瀑布在夏日里把它的叶片"滋润得舒爽清新"，把卧在"石床"上的它摇得"周身筋脉都欢畅"⑥，但它自己也并非忘恩负义之辈，不仅心怀感激，还随时寻找报答的机会。当春天到来的时候，

---

① 华兹华斯．华兹华斯诗选．杨德豫，译．桂林：广西师范大学出版社，2009：88.
② 华兹华斯．华兹华斯诗选．杨德豫，译．桂林：广西师范大学出版社，2009：88.
③ 华兹华斯．华兹华斯诗选．杨德豫，译．桂林：广西师范大学出版社，2009：88.
④ 华兹华斯．华兹华斯诗选．杨德豫，译．桂林：广西师范大学出版社，2009：88.
⑤ 华兹华斯．华兹华斯诗选．杨德豫，译．桂林：广西师范大学出版社，2009：88.
⑥ 华兹华斯．华兹华斯诗选．杨德豫，译．桂林：广西师范大学出版社，2009：73.

它便"把花冠戴好",给瀑布报信,"艳阳天近在眼前"①;夏天,它用花儿和叶儿给瀑布遮阴,一片痴情;秋天,叶子虽然掉光,却引来红雀栖身,动人的清音里,它们曾一同欣赏;冬天,虽然花儿和叶儿都不在,景象一片凄清,却有红红的蔷薇果结在枝头,密密匝匝,装点了萧瑟笼罩着的瀑布。它们多么相得益彰呵!可是,下了雪之后,瀑布的水激涨,它顾不得野蔷薇的颤动摇摆,一个劲儿往前冲,仿佛着意狠着心要忘记昔日的相亲相爱,哪里听得见野蔷薇的柔声哀求,可怜的野蔷薇危在旦夕。正是这个瞬间触动了华兹华斯温柔的心!

其实,雪后瀑布涨水——这仅仅是一幕常见的自然景象,可是华兹华斯却能从中看出教益来,这不得不令人称奇!他从这个变化里面摸到蕴藏其间产生"对话"的那个瞬间,在这个特别的瞬间里,向来无言的瀑布和野蔷薇也能说出话来,且这对话一点也不矫揉造作,是如此地自然,如此符合它们各自的天性与身份,这真不愧是华兹华斯独到的观察力使然。我们也很容易发现他的倾向——欣赏和关怀弱者。在自然界中悟到的也是这个道理,在人世上亦然。

在《致雏菊》(1802)一诗中,有更明显的"比德"的特点,这颇类似我国古代文学的一大传统。我们把松、竹、梅视为"岁寒三友",赞赏它们临危不凋的"品格"——事实上是把人的道德想象附加在它们身上。因为对于人类,临危不惧是自由意志的选择,有道德意义,对于植物,这完全是它们的自然属性,它们被设计有足够的资源以对付恶劣的环境,不需要付出多么违背本性的努力,这种歌颂对于它们未免有点"过"。华兹华斯对雏菊的欣赏自然也带着自己的道德追求——谦恭、朴素、清雅、天真烂漫、憨直、安稳自如、恬静、温良。他向来欣赏这样的境界,颇类似陶渊明"采菊东篱下"的悠然自得。只不过他的追求又要丰富一些,因为他更多是以自然为师,而不是把人的追求套到对自然的欣赏上。自然所包含的内容当然更多、更耐人寻味。

与诸多描写飞鸟的诗歌一样,《诗人和笼中斑鸠》(1830)也是描写诗人与鸟儿的互动,只不过这次是"笼中的斑鸠"。这是华兹华斯晚年的作品。诗人从斑鸠的咕咕叫声中,听出了鸟儿对自己诗才的责备,嗔怪他不会吟唱"爱的歌曲"②。华兹华斯赶紧纠正它的"偏见",告诉它自己的诗篇贯穿的正是爱的主旨。

---

① 华兹华斯.华兹华斯诗选.杨德豫,译.桂林:广西师范大学出版社,2009:73.
② 华兹华斯.华兹华斯诗选.杨德豫,译.桂林:广西师范大学出版社,2009:82.

这次,当他再听这咕咕声时,听见的就"不是责备,是嘉勉"①。其实,华兹华斯是借由斑鸠的叫声来自我提醒,自己每日的歌咏不要偏离了最伟大的主题——爱。但是自然里处处洋溢着的"爱"的气息却又真实地感召着他。《无题(哦,夜莺!)》(1806)对比了夜莺和野鸽的歌喉,前者强烈、凌厉,后者温和、柔情,他更倾向后者,说"吐一腔忠诚,诉内心欢乐,/这就是我的歌——我要唱的歌!"②显然大自然又一次给了他令他心仪的教益。

1.2.4 自然作为欢乐之乡

华兹华斯虽然一生命运也和常人一样波折,但他的心境虽经过风浪,总体而言却是温和晴朗的。这也和他对大自然的信仰有关。他是一个不沉浸于悲伤,不崇拜悲伤的人。相反,他热爱欢乐,高举欢乐。我们发现,在他对自然的观察中,常常出现对流动其间的欢乐的礼赞。比如在诗歌《绿山雀》(1803)中,他就用赞赏加羡慕的笔触写道:"这生命,这精灵,像空气一样,/散布着欢乐,不知有忧伤,/你太幸运了,谁也配不上;/自个儿自得其乐!"③在《致云雀》(1805)中,经历了人世沧桑的华兹华斯再遇到这样欢乐空灵的灵禽,就生出更多的期盼和感慨,他一再向云雀发出请求:"带我飞上去!带我上云端!"④因为这样欢乐的生灵一定来自一个"称心如意的仙乡"⑤,和它对比起来,自己"辛劳跋涉于旷野穷荒,/到如今已经神疲意倦"⑥,向往欢乐的诗人只好把期望寄托在那看不见的自由之乡,他相信云雀是从那里飞来的,它的身上着散发着那个世界特有的完全明媚的欢乐。他说:"你的歌饱含神圣的惊喜,/周围的气氛是狂欢极乐。"⑦只可惜身为凡人的他,无法拥有"仙灵的翅膀"⑧,像云雀一样飞翔。于是,他只好以云雀为慰藉,被它的欢乐所激励,向着它所在的国度而努力行进,"然而,只

---

① 华兹华斯.华兹华斯诗选.杨德豫,译.桂林:广西师范大学出版社,2009:83.
② 华兹华斯.华兹华斯诗选.杨德豫,译.桂林:广西师范大学出版社,2009:91.
③ 华兹华斯.华兹华斯诗选.杨德豫,译.桂林:广西师范大学出版社,2009:77-78.
④ 华兹华斯.华兹华斯诗选.杨德豫,译.桂林:广西师范大学出版社,2009:79.
⑤ 华兹华斯.华兹华斯诗选.杨德豫,译.桂林:广西师范大学出版社,2009:79.
⑥ 华兹华斯.华兹华斯诗选.杨德豫,译.桂林:广西师范大学出版社,2009:79.
⑦ 华兹华斯.华兹华斯诗选.杨德豫,译.桂林:广西师范大学出版社,2009:79.
⑧ 华兹华斯.华兹华斯诗选.杨德豫,译.桂林:广西师范大学出版社,2009:79.

要听到你，或你的同类/来自天庭的自由愉快的仙乐，/我也就知足了，又奋力向前跋涉，/期待着生命终结后更高的欢乐。"①他始终没有放弃对欢乐的向往，哪怕这样的欢乐只存在于"生命终结后"，在此生都触碰不到，只能停留于期待与想象，然而他愿意这样继续守望。从这里我们也容易看到华兹华斯最后选择基督教信仰为皈依的心理倾向。在《圣经》最末一卷书《启示录》中，有这样一节经文，"神要擦去他们一切的眼泪，不再有死亡，也不再有悲哀、哭号、疼痛，因为以前的事都过去了。"(启示录 21：4)可见基督教信仰也是以欢乐为依归的。所以弥尔顿(John Milton, 1608-1674)写了《失乐园》(1667)和《复乐园》(1671)，人类失去与渴望归回的，是一个只有欢乐、没有眼泪的地方。《致杜鹃》(1802)里，同样把杜鹃称为"欢畅的新客"②，这鸟儿的每次出现都带给诗人对黄金岁月的悠悠回忆，因着它的到来，脚下的大地沃野也仿佛"成了缥缈的仙界"。③ 因为常常顺着鸟儿的音波追寻它的踪迹，诗人发出了这样的感慨："你是一种爱，一种希望，/被追寻，却不露行迹。"④竟然用了这么宏大的词，可见，这"吉祥的鸟儿"⑤带给在尘世中艰难跋涉的华兹华斯何等大的慰藉！

名作《水仙》(1804)描写的则是植物的欢乐。诗篇的开头两句几乎成了华兹华斯的标志，"我独自漫游，像山谷上空/悠悠飘过的一朵云霓"⑥，令人屏息的美！那纤弱感，如同歌曲里的最高音，如同薄薄的青瓷，把人的存在感描述得精致而准确，难怪那么引发人们的共鸣。然而这首诗的主题乃是"水仙"，水仙是英国极为普遍的植物，春天几乎处处可见，有成片的，也有分散的，有家养的，也有公共的，可见英国人极爱它们。华兹华斯此次所见，正是浩浩荡荡一大片，给他的视觉带来了极大的冲击，给他的心灵留下了极深的印象。这一片花海"连绵密布，似繁星万点/在银河上下闪烁明灭"⑦，然而最令人感动的还不是其规模，而是其意气，确切地说，是其欢悦。何以见其欢悦呢？原来是从其随风摇曳

---

① 华兹华斯. 华兹华斯诗选. 杨德豫，译. 桂林：广西师范大学出版社，2009：80.
② 华兹华斯. 华兹华斯诗选. 杨德豫，译. 桂林：广西师范大学出版社，2009：86.
③ 华兹华斯. 华兹华斯诗选. 杨德豫，译. 桂林：广西师范大学出版社，2009：87.
④ 华兹华斯. 华兹华斯诗选. 杨德豫，译. 桂林：广西师范大学出版社，2009：87.
⑤ 华兹华斯. 华兹华斯诗选. 杨德豫，译. 桂林：广西师范大学出版社，2009：87.
⑥ 华兹华斯. 华兹华斯诗选. 杨德豫，译. 桂林：广西师范大学出版社，2009：95.
⑦ 华兹华斯. 华兹华斯诗选. 杨德豫，译. 桂林：广西师范大学出版社，2009：95.

感应到的。这从中国古典文献里也可以找到解释，《毛诗序》曰："情动于中而行于言，言之不足，故嗟叹之；嗟叹之不足，故歌咏之；歌咏之不足，不知手之舞之足之蹈之也。"《礼记·乐记》也说："故歌之为言也，长言之也。说之，故言之；言之不足，故长言之；长言之不足，故嗟叹之；嗟叹之不足，故不知手之舞之，足之蹈之也。"①大概普通的欢乐表现都较为矜持，唯有当欢乐达到极致时，人才会"喜形于色"，调动全身的力量来表达，这样的欢乐仿佛渗透入了全身上下每一个细胞，所以其感染力也会极强。所以，面对一片临湖蹁跹，"舞姿潇洒"②的水仙，华兹华斯感受到的唯有达到巅峰状态的欢乐，"湖面的涟漪也迎风起舞，/水仙的欢悦却胜似涟漪"③，这样强烈而丰沛的欢乐带给他的是往后的日子里无穷无尽可汲取的资源，"从此，每当我倚榻而卧，/或情怀抑郁，或心境茫然，/水仙呵，便在心目中闪烁——/那是我孤寂时分的乐园；/我的心灵便欢情洋溢，/和水仙一道舞踊不息。"④

1.2.5　以自然喻人

华兹华斯还常常以自然来比喻人的种种美好的特质。比如，在《路易莎——陪她游山之后写成》（1801）里就用这样的笔法来描写少女之美："她像仙女般灵巧矫健，/蹦蹦跳跳地奔下山岩，/好似五月的溪水？"⑤真是把这种灵动写到了极致！在《无题（我有过奇异的心血来潮）》（1799）里，也有类似的笔法："那时，我情人像六月玫瑰花，/每天都鲜艳悦目"⑥真是让人可见可感的美丽，用简单的一支笔就能刻画出来！在《无题（她住在达夫河源头近旁）》（1799）中，华兹华斯这样来描写自己早逝的情人露西："像长满青苔的岩石边上/紫罗兰隐约半现；/像夜间独一无二的星光/在天上荧荧闪闪。"⑦把露西的独特与美丽表现得淋漓尽致。她最大的特点便是"隐藏着的美丽"，没有众人追捧，只是悄然绽放，像被长满

---

① 《乐记·师乙篇》，朱良志编著．中国美学名著导读．北京：北京大学出版社，2004：18.

② 华兹华斯．华兹华斯诗选．杨德豫，译．桂林：广西师范大学出版社，2009：95.

③ 华兹华斯．华兹华斯诗选．杨德豫，译．桂林：广西师范大学出版社，2009：95.

④ 华兹华斯．华兹华斯诗选．杨德豫，译．桂林：广西师范大学出版社，2009：95-96.

⑤ 华兹华斯．华兹华斯诗选．杨德豫，译．桂林：广西师范大学出版社，2009：23.

⑥ 华兹华斯．华兹华斯诗选．杨德豫，译．桂林：广西师范大学出版社，2009：25.

⑦ 华兹华斯．华兹华斯诗选．杨德豫，译．桂林：广西师范大学出版社，2009：27.

青苔的岩石遮盖着的紫罗兰,只探出半个身子,像万籁俱寂的夜晚,天上的一颗孤星。她美丽,但是并不张扬。她真正的背景是大自然,而不是人群。正如她的出生,"她住在达夫河源头近旁／人烟稀少的乡下"。① 在《无题(女士呵!你神采超凡的微笑)》(1845)中,华兹华斯相信这位女士超凡的神采映射在诗人的眉宇间,竟能形成如此美妙的意境:"像高天皓月,怡然自得,／望见自己的明辉／照亮了下界的静静山坡,／照亮了滔滔流水。"②《无题(记得我初次瞥见她的倩影)》(1804)也用极富感染力的笔法描写了一位魅力十足的女士。她的"双眸炯炯像黄昏的星辰,／棕褐色秀发也像黄昏;／可是她身上其余的一切／都来自黎明,来自五月;／蹁跹的身影,欢愉的神色,／迎人,扰人,动人心魄。"③简直把自然界所有的美好都拼贴在了一起!这位女士之所以令诗人备加欣赏,是缘于她的品格和性情,他赞她有"清明的理智,谦和的心愿,／毅力与见识,坚强与干练"④,"明慧、温良,而并不过度。"⑤《无题(三年里晴晴雨雨)》(1799)宽慰了自己爱人露西的早逝——造化因太爱她,所以决意把她早早收回,作为自己的陪伴。造化这样应许露西,"流云会给她轻柔的姿态;／垂柳会为她把枝条摇摆;／她从动荡的风暴／也能窥见优美的形影——／这些形影以默默温情／把少女丰姿塑造。"⑥又说,"午夜的星辰会和她热络;／在那些隐僻幽静的角落,她也会侧耳倾听:／听流水纵情回旋舞蹈,／淙淙水声流露的美妙／会沁入她的面影。"⑦这真是人与自然交融的美妙场景,隐秘的、宁静的塑造。

《坚毅与自立》(1802)这首励志诗里描写了一个以抓蚂蟥为生的老人。素来热爱欢乐的华兹华斯在三十出头初初闻到人生愁苦的味道。他感叹:"我也是大地之子,也幸福欢愉,／和这些生灵一样,把时光欢度;／与世隔绝,远离世间的愁苦;／可是,另一种日子也许会来临——／孤苦伶仃,内心痛楚,艰难贫困。"⑧想到身边有诸位英年早逝的诗人,他不禁悲从中来。这时,上天却突然指示他看

---

① 华兹华斯. 华兹华斯诗选. 杨德豫, 译. 桂林:广西师范大学出版社, 2009:27.
② 华兹华斯. 华兹华斯诗选. 杨德豫, 译. 桂林:广西师范大学出版社, 2009:30.
③ 华兹华斯. 华兹华斯诗选. 杨德豫, 译. 桂林:广西师范大学出版社, 2009:89.
④ 华兹华斯. 华兹华斯诗选. 杨德豫, 译. 桂林:广西师范大学出版社, 2009:90.
⑤ 华兹华斯. 华兹华斯诗选. 杨德豫, 译. 桂林:广西师范大学出版社, 2009:89.
⑥ 华兹华斯. 华兹华斯诗选. 杨德豫, 译. 桂林:广西师范大学出版社, 2009:93.
⑦ 华兹华斯. 华兹华斯诗选. 杨德豫, 译. 桂林:广西师范大学出版社, 2009:93.
⑧ 华兹华斯. 华兹华斯诗选. 杨德豫, 译. 桂林:广西师范大学出版社, 2009:111.

见一位老人,这位老人"像偶尔可以见到的巨石一块,/孑然横卧于一处光秃的高阜;/睡在无意中瞥见了,都不免奇怪:/它从何而来,又如何来到此处;/俨然是一个具有灵性的活物:/像一头海兽,爬到平坦岩礁上/或者沙洲上,安然静卧着,晒着太阳——"①这些比喻都让人称奇,对自然要达到何等熟悉的程度,才会在见到人的时候想起有内在关联的自然景象!接下来还有一个对老人神情的精彩描写,"我步子轻轻,渐渐向他走近,/这老头仍然站在水池子旁边,/一动也不动,就像是浓云一片。"②这描写真的是达到了人与自然的交融!老人对生命的坚定与执著大大激励了正伤春悲秋的正值陷入脆弱的情感中的华兹华斯,他从而决定,如题目所言,"坚毅与自立"。

可见,华兹华斯在诗歌里或直接歌咏自然,或引自然作喻体表达对人的赞美,但凡提到自然的地方,我们都很容易感受到其中的泛神论气息,即自然作为终极者的那种荣耀和启示力,及人因为亲近这个存在而蒙福的确据。这样的自然观如何影响到他的人性观呢?我们将在下一章讨论。

---

① 华兹华斯. 华兹华斯诗选. 杨德豫,译. 桂林:广西师范大学出版社,2009:112.
② 华兹华斯. 华兹华斯诗选. 杨德豫,译. 桂林:广西师范大学出版社,2009:113.

第 2 章　华兹华斯的自然观与自然神论

自然神论是启蒙主义发展到一定阶段，由理性为标尺，对传统的基督信仰做出的"改良"，即抽掉其中一切理性不能解释的因素，所有的启示、神迹，包括耶稣基督的救赎，最后只剩下承认上帝存在，承认末日审判，承认人要悔罪，破掉以往以耶稣基督为中心的崇拜，以美德为中心的崇拜取而代之。这个行为相当于抽取掉基督教信仰的"房角石"，彰显出自然神论乃至启蒙主义最大的特点——以人本取代神本。生活在启蒙运动方兴未艾的时代，华兹华斯难免受到其影响。起初，他是启蒙主义十分诚恳的追随者，带着对全人类的爱，把法国大革命的理想刻在自己的心头。但是法国大革命的失败让他对这股思潮的热情一下子冷却下来。但是，自然神论的一个重要特点，即崇拜人的美德，一直贯穿在华兹华斯的诗篇始终。虽然归信基督教之后，他往往同时强调人的卑微作为平衡。另一点需要注意的是，他也把这一点与其浪漫主义信念结合在一起，即自然是滋生美德的土壤。总之，自然神论对华兹华斯的自然观最大的影响就是他的人性观——他相信人会是善的，前提是常与自然做伴。由此华兹华斯的人性观与自然观紧密联系在一起，前者也成为后者的一个组成部分。在这一章，我们将首先考察自然神论形成的历史过程，然后了解法国大革命前后华兹华斯对理性的两种态度，最后我们将分析他的几首体现了自然神论的人性观的诗歌。

2.1　理性的崛起与自然神论的形成

自然神论（deism）是 18 世纪启蒙主义的产物，它的产生有一个逐渐演化的过程，贯穿这个过程的主线是"理性"的崛起。理性从什么样的背景中"崛起"呢？让我们先来查看一下中世纪的世界观。

第 2 章 华兹华斯的自然观与自然神论

中世纪的欧洲毫无疑问是一个以天主教为核心建立起来的社会,宗教生活统领着人们生活的方方面面,无论是国家制度、理智认知还是生活方式,莫不受此源头的辐射。一切的要素都臣服于信仰之下,似乎显得宁静而完美。但是,有一个因素在新的条件滋养下,开始蠢蠢欲动,不满足于自己的处境了,它就是理性。

接下来,我们将对信仰与理性的关系,做一个追根溯源、较为系统的梳理。

2.1.1 信仰和理性初次相遇

信仰和理性的初次相遇,是在基督教遭遇古希腊哲学的时候。

古希腊哲学是孕育理性的娘胎,基督教在向欧洲推进的过程中,在思想上最强劲的对手就是古希腊,彼时他们所面对的已经是一个希腊化的世界,理性的种子处处发芽。向往智性的希腊人在领会为了神的荣耀而舍己的基督教精神时,难免会遇到障碍。这种障碍表现在,即使在希腊人中间建立了基督教会,他们仍旧难以摆脱以个体卓越为人生旨归的追求,这样的追求在基督教以谦卑为坐标的视野里,实为灵性的一种缺损。

哥林多教会即是一个以希腊信徒为主体的教会,由于过分追求"智慧",他们陷入骄傲的网罗,导致彼此纷争。保罗在《哥林多前书》中,为着劝勉他们顺服真道,仔细辨析了"人的智慧"与"神的智慧"。他说:"但知识是叫人自高自大,惟有爱心能造就人。"(林前 8:1)又说:"你们中间若有人在这世界自以为有智慧,倒不如变作愚拙,好成为有智慧的。因这世界的智慧,在神看是愚拙。"(林前 3:18-19)因为经上记着说:"主知道智慧人的意念是虚妄的。"(诗 94:11)保罗旨在提醒信徒关注自己属灵的身份,重看神的智慧,轻看人的智慧;因为唯有神的智慧能为生命立下不朽的根基,人的智慧看似华丽,却终要被废弃。

然而,希腊哲学与基督教思想之间的渊源关系,或许还存在更深一层的揭示可能。早在 1 世纪或更早,一位住在亚历山大城的犹太学者菲洛就试图撮合犹太教与希腊哲学,他认为,柏拉图的哲学与摩西的教导同样源于神圣的启示。他在犹太人和敬畏神的外邦人中的巨大影响力,"或许可以解释,2 世纪与 3 世纪的亚历山大基督徒对于用哲学诠释圣经与基督教的信念,为什么会保持热情开放的态度。"① 使徒约翰所写的福音书，被认为充满了形而上的色彩，那是因为他所要面对的受众主要是希腊人。使徒保罗在雅典城，以希腊人所敬拜的"未识之神"作为传道的切入点，把福音立定在希腊人所寻求的真理之显明阶段，亦表现出两者对话的可能。② 2世纪的护教者决意采用柏拉图主义与斯多亚主义，或者两者的混合物，作为辩护基督教的基础，他们站在菲洛的肩膀上，努力构建一个希腊化基督教的思想结构，用以说服受过教育、有思考力和相信希腊哲学的罗马人。从他们开始，在基督教思想发展的历程当中，援用希腊哲学的观念成为一件很自然的事，它可能导致了德尔图良所担心的异端，却也积极地参与了基督教教义的构建。在这里，我仅举查士丁、亚历山大的克莱门特的见解为例。

查士丁认为，耶稣基督是"宇宙的逻各斯"，他是神的流露与创造的媒介。在耶稣基督诞生之前，逻各斯（基督）就已经在世界上，他称之为"道的种子"，它的存在使得人们能够对道有某种层面的洞见，然而因为它"乃是按照人所能理解及容纳的赐给各人"（《第二护教辞》）③，所以"与道本身不同"。若从与道的关联来看，凡按照"道"生活的人，都是基督徒，"例如苏格拉底、赫拉克利特，及希腊人中像他们一样的人"；若从与道的区别来看，只有基督徒才能完全认识基督，因为神在耶稣基督里面成为肉身。他没有否定希腊哲学的领悟，而是把这样的领悟指向一种更高、更完全的认识，即对耶稣基督的认识。

亚历山大的克莱门特从摩西律法的角度理解希腊哲学的意义，他说"哲学正如同'教师'一样，将希腊人带到基督里面，正如律法将希伯来人带到基督里面一样。哲学是一种准备，为人铺路，直到在基督里得到完全为止。"（《克莱门特的杂记》）④ 希腊哲学在他这里获得了毫无疑问的正当性。当我们想到耶稣所说："莫想我来要废掉律法和先知；我来不是要废掉，乃是要成全。"（马太福音5：17）就会明白律法在基督信仰里不可动摇的地位。它是神救赎计划中的一个环节，

---

① R.E.奥尔森.基督教神学思想史.吴瑞诚，徐成德，译.北京：北京大学出版社，2003：45.
② 参见《使徒行传》第17章。
③ A.E.麦格拉斯.基督教神学原典菁华.杨长慧，译.台北：校园书房出版社，1998：16.
④ 麦格拉斯A.E.麦格拉斯.基督教神学原典菁华.杨长慧，译.台北：校园书房出版社，1998：16-17.

与耶稣基督的到来紧密配合，使恩典①在犹太人与外邦人中显明。如果把律法也视为神的恩典，那么在克莱门特这里，希腊哲学同样是神的恩典，它们的存在旨在"操练"人习"义"，为最终因"信"而得以"称义"做好准备。

奥古斯丁在《哲学与神学》②一书里也谈到了基督教与异教哲学之间的关系。和前两位一样，他并不简单地否定和排斥异教徒的学问，而是试图发掘其中蕴藏的真理，"加以妥善地使用，帮助福音的宣扬。"为什么异教徒的学问可能包含真理呢？这是因为，他们那些出色的教导与道德原则，以及某些敬拜一神的真理，"不是他们发明的，而是他们自神恩典的宝藏中发掘出来的。"它们之所以不完全，是由于"人误入歧途，敬拜邪灵而受到玷污。"所以，基督徒应该把这些宝贝从恶劣的环境中区分出来，为着"更加善用这些东西。"在这里我们看到奥古斯丁对异教文明精华的惜取，作为一位继往开来的人物，他深深影响了以后的神学家。有人这样评价道："古代的神学主流都汇聚到他的身上，奔腾成从他而出的滚滚江河，不仅包括了中世纪的经院哲学，连16世纪新教神学也是其中的一个支流。"③

无论是犹太教先驱菲洛、把福音带到地中海地区的保罗、大胆利用希腊哲学的2世纪护教士还是古代基督教思想的集大成者奥古斯丁，他们在面对信仰之外的文明，尤其是希腊哲学时，都表现出一种极大的宽容。这样的态度为基督教思想的发展灌注了丰沛的资源，不仅缔造了基督教思想与希腊哲学长达数世纪的不解之缘，而且使得它可以大度地与任何文明对话，在任何时代背景下皆能安稳自处。

2.1.2 信仰与理性共同塑造的经院哲学

2.1.2.1 亚里士多德文献的翻译与大学的产生

12及13世纪间，希腊阿拉伯式（Greco-Islamic）的科学与自然哲学被译为拉

---

① 这里的恩典特指与律法相对的耶稣基督的救恩，后一个恩典则是包含律法在内的广义的救恩。学界也把前者称为"特殊恩典"，把后者称为"普遍恩典"。
② A.E. 麦格拉斯. 基督教神学原典菁华. 杨长慧，译. 台北：校园书房出版社，1998：18-19.
③ Justo Gonzalez. A History of Christian Thought. vol. 2. //From Augustine to the Eve of Reformation, rev. ed. Nashville, Tenn: Abingdon, 1987: 15; 转引自：R. E. 奥尔森. 基督教神学思想史. 吴瑞诚，徐成德，译. 北京：北京大学出版社，2003：268.

丁文，这是科学革命首要的、不可或缺的条件。基于这些译本的重要性，伊斯兰文明配得上大大分享西方在科学成就上的尊荣。在此之前的数世纪，伊斯兰学者把一大部分希腊的科学翻译为阿拉伯文，又加入了好些原创的成分，形成了所谓的希腊阿拉伯式的科学，其核心为亚里士多德的著作及对他的评注。随着这些学说经过翻译带入西方世界，这个完全建立在理性基础上的思想体系引起了人们大大的惊讶，围绕着对它的释读及传授，渐渐产生了一个类似行业工会的群体，即中世纪大学的胚胎。

中世纪大学把这个群体及之前为着培养神职人员而设立的修会学校合二为一。由逻辑学、自然哲学、几何学、算学、音乐与天文学所组成的课程奠定了艺学院的基础，它作为最大的学院，与医学院、神学院和法学院共同构成一所完整的中世纪大学。这些人文类课程不仅可以单独授予学士与硕士学位，而且是医学、神学与法学院的全体学生在进入专业学习之前必须修习的核心课程。13及14世纪在欧洲各处兴起的大学仍然沿用这样的课程设置。逻辑学-科学-自然哲学的系统教育持续了将近四五百年的时间，深深塑造了欧洲人的理智生活。

亚里士多德——一个异教哲学家，在天主教会所统治的西欧世界里，竟然得到如此的重视。这得益于西方拉丁社会的演进允许教权与政权分立，而这两者又都乐意认可大学这样的共同体的存在，而不像在伊斯兰世界那样，教权假以政权的力量强烈抵制异质的思想①；同时也得益于冲破重重阻力的基督教素来对不同文明的一种整合(integrate)态度。如同柏拉图与斯多亚哲学被之前的基督教思想家吸纳用以帮助教义的建设，亚里士多德哲学也受到新一代基督教思想家们的垂青，它与信仰的结合塑造了神学思想的另一个传统，即经院哲学。

2.1.2.2 安瑟伦与阿奎那对理性的接纳

经院哲学渗透着浓烈的理性光彩，由于信仰与理性之间毕竟存在着张力，因此如何规制两者的关系成为经院哲学家们不得不思考的问题。以下我们来看看安瑟伦与阿奎那的回答。

安瑟伦在当时理性受到尊重的时代背景下，对于基督教思想有一个前所未有

---

① Edward Grant. The Foundations of Modern Science in the Middle Ages: Their Religious, Institutional and Intellectual Contexts. New York: Cambridge University Press, 1996: 176-186.

的新计划,那就是"完全不靠信心或神圣的启示,提出一个符合理性的基督教基础信仰的描述与辩护。"①他在《独语》与《证据》二书中,绝对不引用圣经与基督教的传统,只诉诸理性之光,"竭尽全力使读者相信,他对于神的本质和属性所作的结论是真实的。"②虽然理性在安瑟伦这里有其毫无疑问的合法性,但是它的目的却不是要怀疑信仰,相反,正如他自己所说:"除非我相信,我就不会知道。"③然而,在那个信仰朗照一切的时代,对于信仰与理性的关系的强调,还是为理性辟出了一席之地。

阿奎那把理性的地位又往前推进了一步,确切地说,是亚里士多德的地位。因为早在他的青年时代,这位前辈就变成他"正确使用理性的典范。"④亚里士多德广博而深邃的理性思考深深慑服了阿奎那,以至于他试图证明,"有一个不完全依靠恩典的自然世界与自然知识",因此,"即使是完全没有信心的非基督徒,好像亚里士多德,也可以采取一个纯自然的路径,去取得神的知识。"⑤对亚里士多德的喜爱,使某些多米尼克修会会士认为有"两种真理",一为圣经与传统的神圣启示,一为亚里士多德哲学。罗马天主教会把此理论斥为异端,身为该会的一员,阿奎那终身力图克服这个谴责,证明亚里士多德的基本哲学见解与基督教的基本真理并无冲突。在阿奎那这里,理性所面对的自然领域固然与恩典和启示有别,信心所面对的超自然领域固然高于自然,但这并不足以构成两者的冲突或分野。它们的正确关系应当表述为:**自然指向恩典,恩典不摧毁自然,而是成全**

---

① R.E. 奥尔森. 基督教神学思想史. 吴瑞诚, 徐成德, 译. 北京: 北京大学出版社, 2003: 340.

② Joseph M. Colleran. Introduction: St. Anselm's Life "Anselm of Canterbury, *Why God Became Man and The Virgin Conception and Original Sin*, trans. Joseph M. Colleran. Albany, N.Y.: Magi, 1969: 21; R.E. 奥尔森. 基督教神学思想史. 吴瑞诚, 徐成德, 译. 北京: 北京大学出版社, 2003: 341.

③ *St. Anselm: Basic Writings* (*Prologium*, *Monologium*, *Cur Deus homo*, *and the Fool by Gaunilon*), 2ed., trans. S. N. Deane, intro., Charles Hartshorne. LaSalle, Ill.: Open Court, 1962: 6-7; R.E. 奥尔森. 基督教神学思想史. 吴瑞诚 徐成德, 译. 北京: 北京大学出版社, 2003: 341.

④ Brian Davies, The Thought of Thomas Aquainas. Oxford: Clarendon, 1992: 2; R.E. 奥尔森. 基督教神学思想史. 吴瑞诚 徐成德, 译. 北京: 北京大学出版社, 2003: 357.

⑤ R.E. 奥尔森. 基督教神学思想史. 吴瑞诚 徐成德, 译. 北京: 北京大学出版社, 2003: 361.

自然。虽然"对于救恩的首要关注,是他整个神学建构的核心"①,他所构建的自然神学仍然以其浓重的理性特征凸显了中世纪后期的精神走向。

和基督教思想家的前辈们一样,这些经院哲学的大师再一次把异教的文明置入信仰的母腹,亚里士多德哲学所代表的理性追求不仅没有遭到压制,反而得到保护和滋养。

2.1.3 信仰与理性共同结出的果实:近代自然科学的孕育与诞生

由于某些教条式的教科书的影响,信仰向来被我们视为近代自然科学的敌人。在我们的脑海中总是会浮现出科学家因为不合时宜的发现而被顽固不化的宗教裁判所处以极刑的场面,比如被烧死在罗马鲜花广场的布鲁诺。但是本书着力指出真相的另一面,那就是中世纪晚期的宗教改革对自然科学的产生起到了的决定性作用。

中世纪晚期是一个焦虑的时代,死亡与罪是压在人们心头的两个重担。前者主要是由于当时频发自然灾害,14世纪早期的饥荒非常严重,接踵而至的是导致三分之一欧洲人丧生的黑死病,16世纪又爆发另一场瘟疫,死亡的危险随时横亘在人们面前。后者主要由于支配当时的教会神学给人刻画的是一位令人望而生畏的上帝形象,战栗的人们觉得自己的罪孽怎么也洗不干净,天堂遥不可及,原本应该给人终极关怀的信仰反倒增添了人的痛苦。此外,旧世界的稳定格局正在被一一突破,哥伦布的远航,哥白尼的猜想,农民反封建的斗争,让原有的秩序陷入混乱,新的生存的意义亟待建立。

一批为时代的困境寻找出路的人慢慢探索着。教会内部掀起对"真正的教会"②的寻求,教廷主义、大公会议至上论用权威来维护真理,威克里夫和胡斯以圣经为标准来衡量真理,法兰西斯属灵派及瓦尔多派则以效法基督的行为来彰显真理。神秘主义者试图在教会生活之外找到心灵向真理逐步更新的道路。人文主义者则通过古典教育的方式找回人的尊严。

---

① A.E. 麦格拉斯. 基督教神学原典菁华. 杨长慧,译. 台北:校园书房出版社,1998:356.
② 蒂莫西·乔治. 改教家的神学思想. 王丽,译. 北京:中国社会科学出版社,2009:18.

宗教改革家是上述探索的集大成者，他们继承了神秘主义与人文主义"更新心灵"的宗旨，但认为其得以实现，必须要在教会生活中，而不是绕开它，必须通过基督的救恩，而不是靠人的修养。他们认为教会需要改革，信仰需要更新，而不是简单地废弃它。

路德的神学最终凝练为一句话"唯独因信称义"，所以跟随他的人也被称为"信义宗"。这个宣告凸显了上帝的恩典在人神信仰关系中的地位，否认了通过人的善工赎清罪孽的可能。通过重申神恩，他引领了改教家们亲近上帝的勇气。对恩典的强调，不仅改变了人们的上帝观，也改变了人们看待自己与自然的眼光。**一个矗立在人面前的"物"，无法被终极关注约化掉的"他者"，从神秘的氛围中脱胎而出。**

托伦斯(T. F. Torrance，1913-2007)在《神学的科学》一书中分析了宗教改革对自然科学兴起的影响。他认为，宗教改革所带来的上帝教义的改变是"**神即自然**的上帝之观念为本质上是圣经式的上帝观所取代，即上帝是万事万物的**创造者**，是其子民的积极的**救赎者**。"①(着重为本书作者所加)中世纪的神学把自然直接建基于上帝的永恒，把认识自然与认识上帝等同起来，从而把对自然的关注随时转向对上帝的关注，自然在人们对知识探索的过程中，仿佛是一种透明的存在，人无法与它直面相遇。此时，必然性与一致性是人们联结被造物与造物者的纽带。

宗教改革却更加关注上帝的作为，胜过对其静态属性的研究。创造与救赎是上帝的两大作为，也是改教家们力图抓住的上帝与被造物的真正关联。在他们看来，相似性并不足以描述这种关联，虽然圣经说"神就照着自己的形象造人，乃是照着他的形象造男造女"②，但这只是故事的起初，上帝的爱还没有完全地展开。当亚当堕落以后，人如浪子漂浮于世，捉摸不到终极的实存，遑论与其相似！但上帝的爱并未因此断绝，他与亚伯拉罕立约，从以色列开始在时空上拓展他的救赎计划。一种有限、有罪、有死的存在，一点也不像那位全知、全能、全善的创造者，竟始终被其眷顾，可见联结被造物与造物者的并不是相似性，而是上帝的恩约。

---

① T. F. 托伦斯. 神学的科学. 阮炜，译. 北京：中国人民大学出版社，2003：75.
② 《旧约·创世纪》1：27.

人与上帝的关系如是，同为被造物的自然与上帝的关系也当如是。上帝创造了自然，又嘱咐人修理看守，这就是自然与上帝关系的全部，无须通过自然的神圣化加以表达。一种浸透了终极原因的自然，永作为通达上帝的媒介被理解，而无法成为人个别地、自由地进行探究的对象。在托伦斯看来，认识到自然中真正的"偶然性"①，从而积极地对其进行质询，正是现代实验科学的开端。从此，自然(物)跃入人好奇的眼帘，兴起了自然科学，也引发了一代思想家对心物关系旷日持久的争论。中世纪后期的科学在对自然界进行理性探索和拓展亚里士多德自然哲学的局限性两个方面获得了丰硕的成果，成为16与17世纪的科学革命者们可利用的财富。

总之，欧洲人通过创建中世纪的大学为科学奠定了新的组织结构基础，又通过对亚里士多德科学的批判性考察为科学奠定了智识基础。它们的奠基，与基督教传统在面对异教文明时较为开放的态度有着密切的关系，正如那些伟大的基督教思想家们致力于整合信仰与所有的异教文明的探索那样，科学也是因着文明交汇而溅起的美丽浪花，这是我们所称为"黑暗的中世纪"不可磨灭的光辉。

2.1.4 自然神论的脱胎

在这样一个充满反叛性与革命性的时代，把对过往信仰传统的怀疑再推进一步，不再相信神迹奇事，而构造出一种被理性充分简化了的信仰，这便是自然神论。自然神论是从基督教到无神论的过渡，它盛行于18世纪，首先成形于英国。从更大的历史背景来看，可以这样来概括，在理性高扬的时代，理性与基督宗教间的关系出现了三种变动，一是理性支持信仰，二是理性裁夺信仰，即自然神论，三是理性否认信仰，即无神论。它们呈现出一个渐变的趋势。当然，第一种，也就是传统的观点，始终没有被湮灭。倒是自然神论成为一个匆匆过客，无神论影响至今。

自然神论的真正教父要算谢布里的赫伯特爵士爱德华(Edward, Lord Herbert of Cherbury)了，他认为所有的宗教都有一个通用的内核，这个内核由以下五点构成：(1)存在一位神；(2)他当受崇拜；(3)美德是崇拜的中心；(4)必须悔罪；(5)死后有来生，有赏罚。他据此撰写了一部著作《论异教》，详细阐述了每

---

① T. F. 托伦斯. 神学的科学. 阮炜，译. 北京：中国人民大学出版社，2003：77.

一种主要宗教如何在这个内核的基础上加上各自的传统，形成五花八门的宗教，可谓比较宗教学的鼻祖。

这种拉平各种宗教的观念对当时主流信仰的基督教显然构成了威胁，也的确带来一定程度的冲击。洛克在他的第一本书《人类理智论》中对赫伯特的"共同理念"进行了有力的抨击，但在《基督教的合理性》（1695）一书中，又表现出对牛顿、克拉克等人的一神论倾向满怀同情，虽然他仍着力勾勒了原初福音的信息，力图捍卫基督教的超越地位，但显然他对三位一体和弥赛亚的概念并不十分笃定。于是，我们得到了一种抽筋扒皮的基督教版本，因为加入了更多分量的理性，它比纯正的基督教要淡，但它又坚持其超越性，所以要高于古希腊哲学与形而上学。

在英国，使自然神论首先登场的人物是托兰德（John Toland），他在1695年出版了《基督教并不神秘》，书中完全否定了启示和神迹，只承认理性判断为真的部分。不仅如此，连基督教的三位一体教义甚至圣经正典都被拉回人的作为，完全割断其神圣根基。他的激进观点引起了圣公会牧师们的强烈回应。不过，依然不乏为他辩护的人。比如柯林斯（Anthony Collins），他在《论自由思想》一书中抨击了末日审判的观念，他说与其用这种说法来恐吓人，不如诉诸一种源于理性的道德体系来帮助人持守道德。

另一位英国自然神论的著名人物是廷德尔（Matthew Tindal），他于1730年出版了《与创世同样古老的基督教》，书中把信仰的精华浓缩为道德，且认为上帝赐下的通往道德的途径是理性，是人类自己的思考，而不是从上而下的启示。至于三位一体和道成肉身这样的教义可以置之不理，它们对信仰基本没什么正面的意义，反而是对原初纯正的基督教信仰的污染和遮蔽。他的著作被誉为"自然神论的圣经"，借着这本书，自然神论开始在欧洲大陆风行。

法国本土的第一个自然神论者是吉尔伯特（Claude Gilbert），他深受笛卡儿的影响，对基督教传统展开了全面的怀疑。对于他而言，教会和圣经的权威毫无意义，神迹和祷告也纯属无稽之谈。和英国的自然神论者比起来，法国的自然神论者显得更为激进，他们并不致力于"改良"基督教，而是从根本上反对基督教，他们对基督教充满了愤怒，这可能和天主教国家对思想自由长期的压制有关。伏尔泰是他们中间的集大成者，作为反教权主义最伟大的阐释者，他运用自然神论的法则，对天主教进行了全方位的攻击。与此同时，另一些启蒙哲人则参与编写了狄德罗的《百科全书》，一部以自然神论为指导思想的皇皇巨作。狄德罗本人则更进一步，迈入了无神论者的行列。

德国的莱辛以文学的想象来和解了传统宗教与普遍理性之间的张力。在他看来，各种传统宗教的分殊是因为他们还没有发展到一个更纯粹的阶段，所谓纯粹，就是摆脱各种地域和历史的因素，成为透明的、放之四海而皆准的和平与文明，唯有理性是它的内容，唯有好行为(道德)是它的表现。事实上，这已经为取消宗教奠定了基础。接下来，这一思潮很快为无神论所取代。

大多数美国的缔造者都是无神论者，不过杰弗逊认为基督教是关乎理性的道德，并未过时，所以他认同自然神论。1804年，任美国总统的杰弗逊撰写了《耶稣的生活与神迹》，它又被称为"杰弗逊圣经"，这是一部删除了所有神迹的福音书修订版。与他持类似立场的还有富兰克林和亚当斯。富兰克林崇尚基督所训诲的道德，但不接受基督的神性。亚当斯对教会传统与权威的观念尤为反感。这样，这个国家便建立在以理性为统摄的自然神论与无神论的基础上。这是两种匆匆而过的观念在历史中留下来的作品。

2.2 从追随到批判——华兹华斯对"启蒙理性"的两种态度

其实，自然神论的核心不是"自然"，也不是"神"，而是"理性"，更确切地说，是"启蒙理性"。华兹华斯的理性观深受启蒙主义的影响，但对启蒙理性，他有一个从追随到批判的过程，至于对理性本身的"平反"，则要等到后期他的融合了上帝与自然的新世界观尘埃落定之后。首先让我们来了解一下华兹华斯对"启蒙理性"的这两种态度，我们主要从法国大革命和葛德汶对他的影响这两方面入手。本书主要讨论的是"启蒙理性"对他的自然观的影响，他放弃了什么，又吸取了什么。至于后期的理性观，由于与自然观关系不大，就不做专门论述了。

2.2.1 法国大革命与华兹华斯的"启蒙理性"观

1789年7月14日，一场暴动猛攻巴士底狱。巴士底狱是巴黎最大的监狱，象征着法国的王权，它的陷落标志着法国国王路易十六的倒台。8月26日，新的法国国民议会采用"人权与公民权利宣言"作为新政府形式的基本原则，该原则首要保障的便是"人生而具有自由和平等的权利"，这个熟悉的口号不禁让我们想到了自然神论的主张。是的，法国大革命正是那个时代思想浪潮的层层推进最终在现实政治领域引发出的一场巨浪，这巨浪波及了整个欧洲的思想和政治生活，它寄托着人们对"理性"的强烈信念，又最终引起人们对这个信念深深的思索。

那么，法国大革命是如何产生的呢？根据历史学家的研究，它的孕育早在路易十四的时代就已经开始了。我们都知道路易十四自号"太阳王"，是一位非常铁腕的君王，执政时间长达72年之久！那个时候，法国社会实际上由三个群体组成——贵族、僧侣和其他人，但税款只对第三类群体征收。这种极不平等的经济体制在路易十四的时代尚能勉强维持，到路易十六时代，就完全撑不下去了。路易十六十分软弱昏庸，他惧怕贵族，又拒绝纳谏，对他缺乏定见的妻子玛丽·安托瓦内特言听计从，从不分辨。在这样完全迷失方向的带领下，法国的经济出现了大幅度滑坡，而这位国王所能做的就是举债和进一步加大对劳动阶层征收的税款。这种举措一方面加剧了社会矛盾，另一方面使农民和商人所盼望的自由贸易体系无法得以实现，于是，忍无可忍的劳动者终于揭竿而起了。

但是，1789年由革命者们废除君主专制建立起来的君主立宪制同样也没走多远，1792年法国国民议会宣告终结，由更为激进的国民公会接替，成立了法兰西第一共和国。但是共和国不久也暴露出专制的特点，与路易十六相比有过之而无不及。为了根除当时的反革命势力，审判法庭（tribunal）与断头台被设立起来，据统计，从1791年至1794年三年中，被处死的反革命分子多达六七万人，真的十分血腥恐怖。除了致力于清除任何与旧王朝有瓜葛或威胁到新政权统治的人以外，雅各宾政府还竭力斩断这个传统的天主教国家与基督宗教的联系。这是源于他们对路易十四王朝政教联合的反感，基督教因此也被革命者视为专制王权用来压制人民的迷信工具，绝对不能残留。这种态度导致了欧洲自罗马帝国以来最大的一次对基督徒的迫害。许多天主教神父被迫结婚，如有违令者要坐监或被杀头。所有的教堂都被关闭，另作他用。甚至连通行的公历体系也被废弃，因为它是以耶稣基督的诞生为起点的，而新的法兰西要有自己的崭新的历法，这个历法是从共和国成立之日算起。

这下，雅各宾政府可以冠冕堂皇地高举自然神论的大旗了，他们在昔日的大教堂里蹩脚地模仿着基督教的圣礼，只不过这次坐在高位上的不是上帝，而是"理性"。但，这样的时期很快就过去了。随着雅各宾政府内部出现的纷争，罗伯斯庇尔（Maximilien Robspierre）也未能幸免于他亲手制造的悲剧，1794年，他自己也上了断头台。随着他的死亡，一个较为温和的党派（热月党人）接手政权，法国的政治日趋宽松，从前严令禁止的东西又再次复苏，个人的宗教自由渐渐得到承认，这宣告了革命党人的失败。

对于大革命时期的宗教迫害，托马斯·佩恩曾有过这样的切身描述："实行宗教迫害的不宽容精神已经转移到政治上，法庭作风的革命，代替了原来异端裁判所的席位；断头台和砍头树桩比教会的柴薪和烈火有过之无不及。我的一些最亲密的挚友已经被消灭了，另外一些朋友天天都在被送进牢房。我完全有理由相信同样的危险正在靠近我。"①（《理性时代》Ⅱ序言）

和当时的许多欧洲青年一样，华兹华斯曾对法国大革命充满热情与期待。在《序曲》（1950年版）第六卷中，记载了1790年他和剑桥大学的一位学长兴致勃勃地游历欧洲，尤其是法国所见的场景。他说："即使是各国间相安/无事的年代，我的内心也会/产生同样的憧憬，更何况当时的/欧洲一片欢呼雀跃，群情/激奋，法兰西正值金色的时光，/似乎人性再次在世上诞生。"②对于他而言，彼时的法兰西简直就是一个金色的国度，是人类长久以来的理想在世上的实现。

在这里，我们很清楚地看到，华兹华斯对"人性"的极为推崇的态度。在《序曲》（1950年版）第九卷中，他这样来分析自己这种态度的成因。第一，他出生于英国一个贫穷的地区，这地方看不到太严重的贫富差距和富人的仗势欺人；第二，他在剑桥大学的生活也继续呼吸着平等的空气，因为这所大学的校规给学生们创造了这样的氛围，人人凭借自己的才华、荣誉和勤奋赢得荣誉，没有人仅凭财产与爵位就白白地享有别人的尊敬；第三，他很早就认识上帝，确认祂在众人之上至高无上的权柄；第四，他热爱阅读，而高贵的书籍只陶冶他朝向人类灵魂

---

① 乔纳森·希尔. 兴奋时代的欧洲——1600—1800. 李红，译. 北京：北京大学出版社，2007：192.
② 威廉·华兹华斯. 序曲或一位诗人心灵的成长. 丁宏为，译. 北京：中国对外翻译出版公司，1999：142.

的堂皇境地，不受卑贱、琐屑追求的辖制；第五，大自然给予了他对自由的体验，因为在这里没有一切人为可见的束缚。所以，"受过如此调教的人，/不可能不敬畏人的才能，不欢迎/那些最崇高的允诺，不高呼那信奉/平等权利与个人价值的整体/才是最佳的选择。"①当法国大革命高举着"自由、平等、博爱"的旗号的时候，怎能不吸引华兹华斯，激起他的青春热情呢？

华兹华斯对祖国向来怀有深深的眷爱，可是法国大革命的某种普世性的信念甚至动摇了他的爱国热情，使他陷入无所适从的境地。这是因为从1793年2月开始，英国和欧洲大陆的其他国家第一次结成反法联盟，他无法接受生养自己的"自由民主之邦"②竟然加入了反对为平等和自由而战的法国大革命的队伍，他不禁为自己的祖国感到羞耻。他说，"我发现，从此刻起，不光我自己，而是/所有纯朴的青年都经历了心灵的/变化与破损。"③他好像被从祖国的土地上连根拔起，在空中飘摇。

只可惜，初衷为"为人的自然权利而战"的法国大革命很快就沦为人的自然权利的戕害者。无数的人被剥夺了自己的信仰，无数的人甚至被剥夺了生命。狂欢的人们开始变得清醒。华兹华斯作为同时代的人，也见证了这个残酷的现实。他甚至很庆幸自己的法国好友博布依能先于他死去，因为他没有看到日后国人的厄运，也看不到他们这些热血青年今日的见闻。他回忆说："我俩常一起散步，就沿着这卢瓦河，/岸边有绵延不断的喜庆，内战的/血腥尚未玷污它的碧水。"④从最后一句我们可以看出华兹华斯内心的失落。

不过，华兹华斯在一段时间的沉淀之后，渐渐平静下来，他知道在这种"幻灭"感中，自己主观的想象要承担一大部分责任。事后他这样自述，"原先的情绪/全靠主观信念维持，靠强加给/事物的愿望，而此时，随我理解力的/自然增

---

① 威廉·华兹华斯. 序曲或一位诗人心灵的成长. 丁宏为, 译. 北京：中国对外翻译出版公司, 1999：241.
② 威廉·华兹华斯. 序曲或一位诗人心灵的成长. 丁宏为, 译. 北京：中国对外翻译出版公司, 1999：270.
③ 威廉·华兹华斯. 序曲或一位诗人心灵的成长. 丁宏为, 译. 北京：中国对外翻译出版公司, 1999：270.
④ 威廉·华兹华斯. 序曲或一位诗人心灵的成长. 丁宏为, 译. 北京：中国对外翻译出版公司, 1999：248.

长,都失去它们的根基"①。而这时,他开始转向更合理的社会理论,葛德汶的理论让他眼前一亮。

2.2.2 葛德汶(Godwin)与华兹华斯的"启蒙理性"观

华兹华斯这么概述葛德汶(William Godwin,1756—1836)的理论:"有一种理论的构想,声称/能够使人类的愿望摆脱情感的/支配,能将其永久地移入更纯净的/活动空间。"②显然,葛德汶的理论核心是"理性",理性与情感相对,它能使人摆脱情感的支配,进入到一个更明朗、有条不紊的空间。然而他最吸引华兹华斯的地方应该是其"无政府主义",由于他相信理性完全能够导引人的生活,在遇到问题时,人完全可以听从理性的规劝而归正,所以法规等强制手段纯属多余。他赞扬葛德汶的构想,认为这样的社会理论"将社会的自由建筑在个人自由之上"③,没有一丝禁锢的阴影,简直就是完美!这是因为华兹华斯一直渴望着所有的人都能够饱享自由的美福,他一直以有这样"高尚的抱负"④为豪。法国大革命的失败并没有让他对"理性"失去期待,葛德汶的理论像一堆新柴,继续接过他的热情,熊熊燃烧着。

但是,对葛德汶的狂热追随也只维持了两到三年。华兹华斯后来一并清算着法国大革命及葛德汶的理论给当时的他带来的迷惑。他认为这是一段被"愚弄",而后"堕入荒谬"⑤的时间。这错误是因为当时的一些偶发的事件吸引了他的注意力,使他的心灵偏离了大自然的轨迹,于是越来越糊涂,越来越看不清真理,仿佛一列以错误环环相扣的火车,朝着失控的方向奔去。在五花八门的理论中,他变得有点无所适从了。对每一种理论,他时而相信、时而怀疑,他紧张地对其进

---

① 威廉·华兹华斯. 序曲或一位诗人心灵的成长. 丁宏为,译. 北京:中国对外翻译出版公司,1999:296.
② 威廉·华兹华斯. 序曲或一位诗人心灵的成长. 丁宏为,译. 北京:中国对外翻译出版公司,1999:297.
③ 威廉·华兹华斯. 序曲或一位诗人心灵的成长. 丁宏为,译. 北京:中国对外翻译出版公司,1999:298.
④ 威廉·华兹华斯. 序曲或一位诗人心灵的成长. 丁宏为,译. 北京:中国对外翻译出版公司,1999:298.
⑤ 威廉·华兹华斯. 序曲或一位诗人心灵的成长. 丁宏为,译. 北京:中国对外翻译出版公司,1999:300.

行考察，寻找其根据，钻研其内容，验证其推理，"终于/厌倦，让矛盾的概念耗尽精力，/最后在绝望中放弃了是与非的探寻。"①

汲汲于使用理性的过程给他带来的只是沮丧和挫败，他开始对理性感到失望。他哀叹它，"我意气颓丧，想我们这神圣的/理性，越是急需时，越派不上用场"②。他终于看到了理性的局限性，不再像从前那样把理性当作"极点"③来追求。他开始嘲弄人性中的一种不良的天然倾向，即便一个人借助于理性发现了一件决策中的利害又如何？他也会对何以必须坚持理性的判断感到怀疑，结果是他依然受个人欲望的驱使，抗拒法规，执意犯错。这时候，理性真的是毫无作为的，而这无异于理性的耻辱，如果它过于狂妄的话。华兹华斯带着失望的语气叱责这不争气的人性"一个愚昧的玩物，或罪孽的奴仆。"④

2.3 崇拜美德——华兹华斯的人性观

虽然华兹华斯对狂妄的启蒙理性最终感到失望了，但是启蒙理性的产物自然神论却深深地影响了他的人性观，所以也可以说，在这个层面上他吸取了启蒙理性。

我们发现，在华兹华斯的诗歌里常能见到对人性的歌颂与赞美，这正是自然神论的人性观带给他的影响。只不过，他所赞美的人通常都是与自然休戚相关的，比如乡村中的孩子、牧羊人、农妇、流浪者等，这是华兹华斯有别于自然神论者的地方——他认为人的美德离不开大自然的哺育。而这样的思路，也为他解释人性的恶找到了理由。远离自然的人，就倾向于作恶。这样的思路体现在他的许多诗篇里。他的人性观也因此成为其自然观的一部分——自然熏陶出善的人性，善的人性是值得崇尚和赞美的。难怪当他歌颂人性的时候，往往也会带上一

---

① 威廉·华兹华斯. 序曲或一位诗人心灵的成长. 丁宏为，译. 北京：中国对外翻译出版公司，1999：300.
② 威廉·华兹华斯. 序曲或一位诗人心灵的成长. 丁宏为，译. 北京：中国对外翻译出版公司，1999：300.
③ 威廉·华兹华斯. 序曲或一位诗人心灵的成长. 丁宏为，译. 北京：中国对外翻译出版公司，1999：298.
④ 威廉·华兹华斯. 序曲或一位诗人心灵的成长. 丁宏为，译. 北京：中国对外翻译出版公司，1999：301.

两句对自然的歌颂。这一部分的讲述与第四章的主旨有重叠，但需要注意的是，我们在这里更为强调的是他对美德的崇拜，因为这样的立场与传统的基督教教义是相抵牾的——基督教不相信这个世界上有"义人"，人身上一切的善都是从上帝而来的，是圣灵结的"果子"。即便在归信基督教以后，他也仍然保留了对人性的崇尚与赞美——当然，前提是自然所孕育出来的人性。这正是他的人性观的独特之处。第四章则更强调自然作为美好人性的归宿。下面举几个例子。

《阿丽斯·费尔》(1802)描述了一个孤儿小女孩的可怜境遇，但其中却有一种超越这样境遇的孩子的天真。这是一个真实的故事，故事的亲历者格雷厄姆向华兹华斯转述了它，华兹华斯以第一人称记为诗歌。阿丽斯·费尔是一个小遗孤，她的斗篷不小心卷在了格雷厄姆乘坐的马车的车轮里，本来就很破旧的斗篷这下彻底给扯烂了，她为此伤心欲裂、抽泣不休，格雷厄姆劝说她上车，并在小客栈给她买了一件新的灰呢子斗篷，第二天她就变得非常高兴了。这孩子全部的注意力都放在那件被卷在车轮里的斗篷上，并未对自己的身世有什么悲戚的认识，所以一旦有了新斗篷，就很快破涕为笑，这令人安慰，又令人心疼。

在《最后一头羊》(1798)这首长诗中，描写了一个悲伤的中年汉子，他原本有五十头羊，头头都是他的宝贝，是他的产业，也是他的快乐。可是由于家庭成员一再加添，又赶上饥荒年月，入不敷出的他只好找到教区寻求救济。没想到教区因为他拥有这些羊群，便把他断为富户，不给他提供救济。他只好变卖这些羊，杀鸡取卵，用心爱的羊儿换取一家子的生活所需。羊一只只被牵走卖掉，他的喜乐也一天天变少。直到最后只剩下一只小羊，他对人生的希望马上就要落空，于是抱着这只小羊沿着马路边走边哭，内心惨淡。

在《傻小子》(1798)这首长诗中，华兹华斯以生动的细节描写了一个简单的关于亲情和"爱邻如己"的故事。苏珊老姑姑病得厉害，深夜里，贝蒂惦记着她的这位邻居，就派自己的傻小子强尼骑着马儿去城里找医生，没想到这小子走迷了路，兀自在瀑布前面停住了脚步。贝蒂惦记自己的娇儿，一边为苏珊的病情祷告上帝，一边起身寻找强尼。走到城里的医生那里，医生称并未见过强尼，苏珊着了急，胆战心惊、脚步蹒跚，四处张望着强尼的踪迹。情急之下，突然想起那匹温顺的马儿说不定把强尼驮进了森林。就顺势找去，没想到真的看到了心爱的傻小子！她又喜又惊，猛扑过去，抱住强尼，眼泪直流。娘儿俩往回走，却突然看到苏珊老姑姑一瘸一拐的身影。原来老人家心里替强尼,也替贝蒂着急,思虑多起来,病情竟被搁置一边,越来越轻,最后干脆一跃而起,要找回他们两个。三人相见时,真是非常的欢乐,"这真是一次欢乐的会晤——/基督教国土上常有的欢乐。"①华兹华斯这样描述善良的贝蒂,"可怜的贝蒂,好心的妇人!/她脸上的表情表露得清清楚楚:/只要什么人有所需求,/她此刻可以尽其所有,/献出她几年的幸福。"②整首诗恬静、温和、美满,也蕴含着这样的一颗心灵。故事的结尾如瀑布到平地,一切成人的紧张思虑被孩子的无虑完全驱散。

此外,比较典型的,还有《迈克尔》中的父与子,孩子路克在乡下的时候是个乖孩子,进城以后就学坏了,最终逃去一个遥远的地方。《鲁思》里的军官,他性格里凡属于被自然熏陶的那一部分就是善的,而他的恶来源于结交了一群不三不四的朋友。

总之,华兹华斯的人性观深受启蒙理性的影响,尤其是自然神论的影响,他对人性基本是持肯定与崇尚的态度的,不过,前提是它不能远离自然,因为唯有这样人性才可能持守住美德。这是他的自然观与人性观的一个巧妙结合,具体怎么结合,我们将在第四章见分晓。下一章,我们将探讨他的自然观所遭遇到的一次大框架的调整。

---

① 华兹华斯. 华兹华斯诗选. 杨德豫, 译. 桂林:广西师范大学出版社, 2009: 52.
② 华兹华斯. 华兹华斯诗选. 杨德豫, 译. 桂林:广西师范大学出版社, 2009: 40.

第3章 华兹华斯与基督教的自然观

华兹华斯的作品水平被学术界几乎一边倒地划分为前期和后期两个阶段(通常以1805年为界)。前期代表着他创作能力的巅峰,为众人所夸赞;后期则被认为暮气沉沉,价值不大,且原因几乎都被归结为他为自己选择的新的宗教信仰。大家似乎都一致认为,宗教信仰伤害了他作为诗人的创造力和感受力,基本起到的是负面的作用,其中不乏惋惜之声。

华兹华斯的重要中译者之一黄杲炘也这样评价道:他的一些作品"写得不够优美,旋律性既不强,语言也较为平淡;尤其是一些长诗,由于过于强调求实,写得拖沓滞重,呆板乏味,而过于具体的铺排又扼杀了诗的意境。这种情形在诗人进入其创作后期时表现得更为明显了。这时的他,立场既趋保守,想象力也大不如前,笔下那些风格较为单一的作品中思想往往不够丰富而又缺乏灵感和热情,同时还带有较浓重晦涩的消极思想、宗教情绪和福音说教成分,因此也常为人们所诟病。"[1] 赵光旭在《华兹华斯"化身"诗学研究》中也认为华兹华斯的宗教情怀对其诗歌起到的作用是消极的,因为"他的宗教情感使得他的情感论过度抽象化。"[2] 不像他强调人对自然的爱和对人的爱那样,对其情感论起到助益。

但是也有很多人甚为看重他的这个特质。比如 Charles Kingsley 对《隐士》(Excursion)的评论:"当读华兹华斯《隐士》的时候,我一直在流泪,也一直在祷告。对于我而言,他不仅是一位诗人,也是一位布道者,是上帝的崭新而神圣的哲学的先知——一个在黑暗的时代里被高举为光的人。"[3]

本书认为,基督教的因素一直贯穿于华兹华斯诗歌的始终,但其有意识地归

---

[1] 华兹华斯.华兹华斯抒情诗选.黄杲炘,译.上海:上海译文出版社,1986:14.
[2] 赵光旭.华兹华斯"化身"诗学研究.上海:上海大学出版社,2010:87.
[3] Sally Bushell, James A. Butler, and Jaye Michael C. The Excursion. New York: Cornell University, 2007: 1.

信是在 1805 年之后。在这一章的开头，我们首先会寻索出他的诗歌中常常出现的与基督教有关的词语及观念。随后，我们将进入本书十分关键和出彩的部分，即分析弟弟约翰的船难给华兹华斯的自然观带来的冲击，这冲击使他放弃与之交融已久的泛神论，转而寻找新的信仰。最后，我们将通过对《序曲》从 1805 年到 1850 年版本有关泛神论部分的"修订"做一个对勘，体现出华兹华斯如何在基督教的视野下重新理解自然在宇宙中及他心目中的位置，更新原初的泛神论体验。

3.1 与基督教有关的词语及观念

在华兹华斯的诗歌中，常常出现"上帝""天国""孩子"等与基督教有关的词汇，且语境与基督教的观念契合。

《序诗》(1827)表达了诗人素位而行的志向，以物喻人，"也有像爝火那样不大显眼的/在幽暗山岗上荧荧照射的孤星，/也有像寒灯那样闪烁不定的/在枯树枝丫间隐现的疏星点点；/和它们相比，那些煌煌巨星呵，/未必身份更尊贵，素质更纯洁；/全都是同一天父的永生儿女；/诗人呵！就按照上天给你的能量，/在你的位置上发光吧，要怡然自足。"①这里直截了当地表达了基督教的世界观，从词汇的选择如"天父""永生儿女"上看出，其立场已相当明显。

《远见》(1802)这首诗里也明确地出现了"上帝"一词，且贯穿着上帝创造万物的观念。它带着甜美的语气说："草莓够交情，有果子让人吃，/这是上帝给它的本事。"②

《我们是七个》(1798)里也提到，小姑娘对姐姐的死亡的理解，"上帝解除了她的痛苦，/她便悄悄地走掉。"③

《迈克尔》(1800)里，迈克尔在与妻子伊莎贝的对话中，多次提到"上帝"的恩典。比如，他说："这些年，咱们谁不是靠上帝恩典，/在太阳底下过日子?"④又说："咱们这块地，刚到我手里的时候，/租子重着呢；到我四十岁那年，/这一份产业还有一半不属我。我拼死拼活地苦干；靠上帝恩典，/到三个星期以

---

① 华兹华斯. 华兹华斯诗选. 杨德豫, 译. 桂林：广西师范大学出版社，2009：1.
② 华兹华斯. 华兹华斯诗选. 杨德豫, 译. 桂林：广西师范大学出版社，2009：6.
③ 华兹华斯. 华兹华斯诗选. 杨德豫, 译. 桂林：广西师范大学出版社，2009：15.
④ 华兹华斯. 华兹华斯诗选. 杨德豫, 译. 桂林：广西师范大学出版社，2009：62.

前，它全是我的啦。"①虽然他十分勤劳，但仍很强调上帝的恩典，不自居功，十分谦卑。他也十分信靠上帝。在送儿子路克到城里挣钱之前，他这样叮嘱路克："路克，从明天往后，你到了外边，/要是有什么坏人把你缠上了，/那你就想想我吧，就想想今天/这个时刻吧，把心思转向家里吧，/上帝会扶你一把的。"②只可惜路克最终没能记住父亲的话。

《坚毅与自立》(1802)中，那位老人也提到自己"靠上帝恩典"③，来维持这一份简单的生计。华兹华斯甚为他的品性所打动，这位看似卑微，处在社会最边缘的人，却不同凡俗，从容庄重。他"像庄重教士按照苏格兰礼仪，/恰如其分地称道凡人，赞美上帝。"④

在《露西·格瑞》(1799)这首诗里，当发现独生女露西·格瑞在风暴中失踪之后，悲伤的父母一边寻找，一边绝望地呼喊着："在天国再见吧，亲人！"⑤

在《我们是七个》(1798)这首诗里，诗人也两次跟小女孩提到，夭折的哥哥姐姐是去了"天国"。⑥

在长诗《傻小子》(1798)里，当诗人描写到夜里的城镇时，以天国作了比方，"寂静笼罩着四面八方；这一座城镇，又宽又长，/像天国一样静穆。"⑦可见在他的心目中，有一幅幻想的天国的画面。

我们都知道耶稣特别喜欢小孩子，福音书里记载着这样一个动人的场景：当耶稣在民众中医病、赶鬼、匮乏中赐下食物的声望日高，就有越来越多的人带着自己的需要来到耶稣面前，希望得到转机，这转机或许是他们早已绝望了的。这其中就有人领着自己的小孩子过来。没有细说小孩子出了什么问题，但毫无疑问肯定有挺大的难处，因为连大人都解决不了。当这人带着敬畏和渴切的心请求耶稣摸摸自己的孩子的时候，却遭到了门徒们的排斥。也许他们觉得小孩子的事不重要，因为小孩子不重要——他们的事就像他们的身量一样，似乎可以为"大

---

① 华兹华斯. 华兹华斯诗选. 杨德豫，译. 桂林：广西师范大学出版社，2009：67.
② 华兹华斯. 华兹华斯诗选. 杨德豫，译. 桂林：广西师范大学出版社，2009：68.
③ 华兹华斯. 华兹华斯诗选. 杨德豫，译. 桂林：广西师范大学出版社，2009：114.
④ 华兹华斯. 华兹华斯诗选. 杨德豫，译. 桂林：广西师范大学出版社，2009：113.
⑤ 华兹华斯. 华兹华斯诗选. 杨德豫，译. 桂林：广西师范大学出版社，2009：11.
⑥ 华兹华斯. 华兹华斯诗选. 杨德豫，译. 桂林：广西师范大学出版社，2009：15, 16.
⑦ 华兹华斯. 华兹华斯诗选. 杨德豫，译. 桂林：广西师范大学出版社，2009：45.

人"的目光忽略不计。耶稣却"恼怒"了,他几乎是以呵斥而又焦急的语气对门徒们说:"让小孩子到我这里来,不要禁止他们,因为在神国的,正是这样的人。"①耶稣是这样地渴望和小孩子亲近。他紧接着又补充了一句:"我实在告诉你们:凡要承受神国的,若不像小孩子,断不能进去。"②在这里,甚至小孩子成为了"大人"们要效法的榜样,完全颠倒了门徒们的世界观,相信小孩子的至亲也会恐惧战兢吧——另一种恐惧战兢,起初是担心得不到重视,现在则是受宠若惊,耶稣对小孩子的重视程度大大超过了自己的期待,甚至超过了自己的认识。接下来,耶稣"抱着"就近他的小孩子,"给他们按手,为他们祝福。"③慈爱之情溢于言表。

当然,圣经对"小孩子"的看法不止于此。这里强调的是小孩子"单纯""容易信任别人"的一面,至于小孩子"幼稚""不成熟"的一面,圣经也做了如下的回应。《路加福音》第 2 章第 52 节说:"耶稣的智慧和身量(注:或作'年纪'),并神和人喜爱他的心,都一齐增长。"《以弗所书》第 4 章第 13、14 节也说:"直等到我们众人在真道上同归于一,认识神的儿子,得以长大成人,满有基督长成的身量,使我们不再做小孩子,中了人的诡计和欺骗的法术,被一切异教之风摇动,飘来飘去,就随从各样的异端。"连基督都需要成长,更何况是人呢?小孩子的优点是容易信靠别人,从而也就容易信靠上帝,但他们的缺点是缺乏分辨的能力,一旦人与上帝之间出现张力,或者人群内部出现纷争,他们就不知道何去何从了。所以,小孩子需要成长,指的是在对真理的知识上见长,从而能够专心守住上帝的道,不被流俗的歪风邪气带跑,从上帝的恩典中失落,不再享有内心的平安。

华兹华斯对孩子的推崇几乎贯穿他整个的诗篇始终,不过在哲思上更明确、更集中的体现是在《永生的信息》(1802—1804)这首其诗才可谓登峰造极的长诗里。这首诗以一种怀乡的情绪开头,描写了昔日所见美丽非凡的风景,而现在,"大地的荣光已黯然减色"④。这是因为人们的降生其实是一次分离,与天父和天家的分离。"年幼时,天国的明辉近在眼前;/当儿童渐渐成长,牢笼的阴影/便

---

① 《圣经·马可福音》10:14,和合本。
② 《圣经·马可福音》10:15,和合本。
③ 《圣经·马可福音》10:16,和合本。
④ 华兹华斯. 华兹华斯诗选. 杨德豫,译. 桂林:广西师范大学出版社,2009:244.

渐渐向他逼近，/然而那明辉，那流布明辉的光源，/他还能欣然望见……及至他长大成人，明辉便泯灭，/消溶于暗淡流光，平凡日月。"①在这样令人惋惜的"倒退"式的人生里，人们无可挽回，只能退而求其次，从往昔的岁月中，从大自然的陶冶中汲取力量和安慰，直到回到永恒的那一天。

3.2 弟弟约翰的船难给华兹华斯的自然观带来的冲击

华兹华斯的家庭欢乐在1805年笼罩上阴云，他当水手的弟弟约翰(John)这一年不幸在一次船难中丧生。此后不久，他的两个孩子夭折，与柯勒律治关系也疏远了。

在弟弟船难之后，华兹华斯做了下面这首悼亡诗《由乔治·博蒙特先生所绘〈风暴中的匹勒城堡〉一画所唤起的挽歌》，在诗中，他表达了自己因为此事在信仰上陷入的迷惑和重新找寻。

Elegiac Stanzas Suggested by a Picture of Peele Castle in a Storm, *Painted by Sir George Beaumont* 由乔治·博蒙特先生所绘《风暴中的匹勒城堡》一画所唤起的挽歌②

(1) I was thy neighbour once, thou rugged Pile!　我曾是你的邻居，你这峥嵘古堡！

(2) Four summer weeks I dwelt in sight of thee;　四个盛夏周，我终日望你而居：

(3) I saw thee every day; and all the while　每时每刻，

(4) Thy Form was sleeping on a glassy sea.　你的形状安睡在玻璃海。

(5) So pure the sky, so quiet was the air!　天空多么明净，空气多么安宁！

---

① 华兹华斯. 华兹华斯诗选. 杨德豫，译. 桂林：广西师范大学出版社，2009：244.
② 全诗为本书作者试译，部分地方采用了杨德豫先生的译文。

(6) So like, so very like, was day to day!　日日皆如此相似!

(7) Whene'er I looked, thy Image still was there;　无论我何时张望，你的形象总是在那儿；

(8) It trembled, but it never passed away.　它震颤，但从不消逝。

(9) How perfect was the calm! it seemed no sleep;　多么完美的安静! 仿佛没有睡眠；

(10) No mood, which season takes away, or brings:　没有情绪，时节带不来，也带不走：

(11) I could have fancied that the mighty Deep　我多么欢喜这巨大的深源

(12) Was even the gentlest of all gentle things.　竟是所有温柔之物中的最温柔者。

(13) Ah! then, if mine had been the Painter's hand,　啊! 如果我有画家的手，

(14) To express what then I saw; and add the gleam,　来表达我当时所见；并且加上

(15) The light that never was, on sea or land,　在海洋或陆地上从未有过的光线，

(16) The consecration, and the Poet's dream;　祝圣，和诗人的梦；

(17) I would have planted thee, thou hoary Pile　我就会把你，古堡

(18) Amid a world how different from this!　置于一个与此完全不同之地!

(19) Beside a sea that could not cease to smile;　在一个永不停止微笑的海边；

(20) On tranquil land, beneath a sky of bliss.　在平静的陆地，祝福的天空下面。

(21) Thou shouldst have seemed a treasure-house divine 你当如神圣的珍宝库

(22) Of peaceful years; a chronicle of heaven; -- 有平静的年岁；天堂的编年史；

(23) Of all the sunbeams that did ever shine 所有曾照耀过的光线里

(24) The very sweetest had to thee been given. 给予你的那部分最为甘甜。

(25) A Picture had it been of lasting ease, 这是一幅持续悠然的画面，

(26) Elysian quiet, without toil or strife; 有愉快的安宁，没有劳苦纷争；

(27) No motion but the moving tide, a breeze, 别无动静，除了流动的潮水，一阵轻风，

(28) Or merely silent Nature's breathing life. 或仅有安静的大自然的生命气息

(29) Such, in the fond illusion of my heart, 这便是我心中的深切幻想，

(30) Such Picture would I at that time have made: 我在那时会描绘的图画：

(31) And seen the soul of truth in every part, 在每个部分洞见真理之魂，

(32) A steadfast peace that might not be betrayed. 永不遭背叛的和平。

(33) So once it would have been, —'tis so no more; 它曾经是那样，——现在却不再如此；

(34) I have submitted to a new control: 我已臣服于一种新的控制：

(35) A power is gone, which nothing can restore; 力量已消失，什么也不能使它复原；

(36) A deep distress hath humanised my Soul. 深的痛苦使我的灵魂秉

具了人间味。

(37) Not for a moment could I now behold 现在我仍不能有一刻

(38) A smiling sea, and be what I have been: 观看微笑的海洋,像曾经那样;

(39) The feeling of my loss will ne'er be old; 伤逝的情感将永不会过去;

(40) This, which I know, I speak with mind serene. 我知道,说这些时我心平气和。

(41) Then, Beaumont, Friend! who would have been the Friend, 那么,我的朋友博蒙特!

(42) If he had lived, of Him whom I deplore, 如果逝者还活着,他也会是我的朋友啊,我为他甚为悲伤,

(43) This work of thine I blame not, but commend; 你的这幅作品我不怪罪,反而赞扬;

(44) This sea in anger, and that dismal shore. 这愤怒的海,和那阴沉的岸。

(45) O 'tis a passionate Work! —yet wise and well, 噢,这实在是一幅充满激情的杰作!——但又明智而美好

(46) Well chosen is the spirit that is here; 这里面的精神选得最妙;

(47) That Hulk which labours in the deadly swell, 废弃的船在海面死寂的起伏中挣扎,

(48) This rueful sky, this pageantry of fear! 这悔恨的天空,这恐惧的盛典!

(49) And this huge Castle, standing here sublime, 而这巨大的城堡,崇高地矗立在那里,

（50）I love to see the look with which it braves, 我钟爱观看它那凭临危境的神情，

（51）Cased in the unfeeling armour of old time, 躲藏在往日的冷漠甲胄中，

（52）The lightning, the fierce wind, the trampling waves. 面对闪电，猛烈的风，肆无忌惮的浪。

（53）Farewell, farewell the heart that lives alone, 再见了，再见，独处的心，

（54）Housed in a dream, at distance from the Kind! 远离良善，沉于梦境！

（55）Such happiness, wherever it be known, 这样的快乐，无论在何处，

（56）Is to be pitied; for 'tis surely blind. 都将令人惋惜；因为着实盲目。

（57）But welcome fortitude, and patient cheer, 但是欢迎你啊，毅力，以及耐心的欢呼，

（58）And frequent sights of what is to be borne! 还有那将横空出世的频繁景象！

（59）Such sights, or worse, as are before me here.—— 就像此刻我已面临的那样，或者更糟。——

（60）Not without hope we suffer and we mourn. 痛苦与哀悼并不至于让我们丧失希望。

这首诗创作于1806年。华兹华斯在一封给博蒙特（Beaumont）的信（1806年8月1日）里曾提到，他在1806年四五月份在伦敦博蒙特的寓所停留的时候，第一次见到这幅名为《匹勒城堡》的画。乔治·博蒙特先生是一个富有的地主，在当时也享有风景画家的声誉。他甚仰慕华兹华斯与柯勒律治，与他们常有往来。这

幅画里的匹勒城堡位于英格兰西北部兰开夏郡的海滨，兰姆塞德村庄（Village of Rampside）①的对面，1794年8月华兹华斯曾因探访一位堂亲在这里住过一个月。华兹华斯最小的弟弟约翰·华兹华斯是东印度公司的一名船长，1805年2月5号，他的船在英格兰南部的波特兰海岬②（Bill of Portland）附近沉没，他也不幸溺水而亡。

在这首诗里，我们可以看到华兹华斯前后态度的两次转变，先是从欣赏"微笑的海"转到不敢去面对一个愤怒过的海，甚至态度如此坚决，几近"断交"，后是从这种封闭的状态出来，选择乐观地面对"更糟"的景象。这个事件怎么影响他的宗教观了？告别了那个和谐之神，认识了一位恐惧之神？更明显的似乎是他告别了和谐之神，而选择用自己的品格——良善、毅力、耐心来面对危难。这是不是有点像康德的"崇高"论呢？康德所选用的比方和这里的语境颇像。也就是说，这里更容易看出的是他放弃了泛神论，但还看不出他选择了基督教。

自然在这个转变的过程中起着一个什么样的作用呢？当他挚爱的小弟弟葬身大海的时候，他甚至不敢再去观看昔日带给他愉快感受的大海，因为大海留给他的印象是"微笑"的、和平的，这种伤痛是双重的，人间的伤加上自然的伤，这让他坚信这个伤痕是绝对不可能平复的。（第40行）但是当他遭遇了博蒙特的画——不是他主动要去看的，而是在拜访其寓所的时候被迎面击中的，映入眼帘的是一幅暴虐的海景，而且就是曾经留给他极为美好印象的海景——有匹勒城堡作证。两种感受在这幅画中奇妙地交叠在一起——微笑的海和暴虐的海。伦敦寓所的那一刹那，整合了两个地点，两种记忆，一个是1794年英格兰西北部的匹勒城堡及周围海域，一个是1805年英格兰南部波特兰海岬，它们分别位于伦敦的北面和南面。这是一种医治和跨越。华兹华斯发现他所认同的、熟悉的海域竟然换了一副面孔，当然，他的第一印象一定是惊诧、不习惯，但是因着这个转换发生在他所信任的海域，而可以很快为他所接受，——就好像接受一位好朋友的烂脾气一样，况且他不可能在主人的寓所的这幅画前过久地逗留，所以必须要很快地联结这个冲击所波及的几个因素——微笑、自然、惨痛、人间。这是这首诗中最最奇妙的一个转捩点，这幅画像一架桥梁，帮助华兹华斯跨越了那种对天然

---

① 参见附录图2。
② 参见附录图3。

和谐宁静的向往，进入未知的冒险之中。就好像跟着一位信任的长辈欣然进入未知之地，好奇代替了恐惧。他接受了"微笑的海"的不微笑时刻，同时，也就能宽谅人世里的生离死别之伤。突然间，他能以一种全新的态度来接受发生在身边的种种不幸——第59行意指他的两个孩子因病相继夭折，他不再排斥和恐惧，而是接纳，甚至欢迎其发生，因为"痛苦与哀悼并不至让我们丧失希望。"（第60行）虽然这里还不是十分确定和明显，痛苦与哀悼带来的积极面到底是什么，但在那奇妙的一瞬，他的态度全然翻转，已标志着个人信念的巨大革新。

让我们联系他别的诗作，来做一个连贯的思考，或者说，猜测。华兹华斯先是痛苦自己的失去，然后因发现了那失掉的东西而惊喜、豁然开朗、脱离愚痴。你不能保证海总"微笑"，但你有理由相信你内心的"恒定"状态，只是这种"定力"从哪儿来呢？这首诗的后半部分还看不出来，但从他后来的诗作可以频繁地找到天国、永恒这样的字眼，"永恒"意识由此激发，最终找到上帝那里，发现死亡不再是"大限"或"节哀顺变"的"变"，而是进入永恒的入口。所以此后他的大量悼亡诗都不止是"哀悼"，更有了"天国"的安慰。如：

"Death conscious that he only could destroy/The bodily frame."[1]（Sonnet, 1846）死亡意识只能摧毁形体。

"That Man, who is from God sent forth, / Doth yet again to God return?"[2]（Lines, 1806）这位从上帝而来的人，/不是又回到上帝那里去了吗？

"Thy virtues He must judge, and He/ alone, / The God upon whose mercy they are thrown."[3]（Elegiac Musings, 1830）祂定会审判你的美德，/祂自己，/上帝因着慈爱将它们投掷。

---

[1] William Wordsworth. The Collected Poems of William Wordsworth. UK: Wordsworth editions Ltd., 1995, reset in 2006: 692.

[2] William Wordsworth. The Collected Poems of William Wordsworth. UK: Wordsworth editions Ltd., 1995, reset in 2006: 693.

[3] William Wordsworth. The Collected Poems of William Wordsworth. UK: Wordsworth editions Ltd., 1995, reset in 2006: 695.

关于"定力"的寻找，以下还有几则类似的故事。因为英国是一个岛国，海上航行的经历对他们并不稀奇。尤其是工业革命后，在全球范围开辟的殖民地贸易，要求他们投入更大的精力于更远距离的海上运输。可以说这更新了英国人的生存体验。美洲大陆发现之后，清教徒赴美开垦，亦使许多英国人有远航的经历。以下提到的约翰·牛顿和约翰·卫斯理就是那个时代的代表。

约翰·牛顿（John Newton，1725-1807）是一个极具传奇色彩的人物。他早年性格叛逆，后为挣钱从事奴隶贸易，却又因为在长期的海上航行中，多次大难不死，而最终相信是上帝的保护，遂悔改、信主。他创作的赞美诗《奇异恩典》可谓基督教世界里的经典之作，感动了世界各地许多的信徒。他放弃贩奴贸易之后，最终成为一名很受人爱戴的牧师，他的属灵晚辈威伯福斯（William Wilberforce，1759-1833）深受他的影响，作为英国的国会议员，他倾尽20年的时间不遗余力倡导废除奴隶贸易，由于这动摇了帝国许多权贵的经济利益，所以阻力很大，但是1807年，威伯福斯终于亲自见证了《废除奴隶贸易法案》的通过，这是人类历史上一个伟大的时刻。我们现在先把视线拉回到牛顿的海上漂泊时期。

牛顿6岁的时候，母亲就去世了，父亲很快再婚并有了孩子，父亲并不注重和儿子的沟通，父子俩的心理距离很远。母亲是"不从国教教会"的虔诚会友，她对牛顿的早年教育影响很大。只是后来，因为缺乏关爱和指引，牛顿日益陷入失控的境地，他脾气极坏，而且十分叛逆，让试图为他找到一份差事的父亲大伤脑筋。长期与品行不佳的水手们共处一船，使他的性情越来越恶劣，他学会了喝酒和咒骂。并且他多次违逆船长的命令，若不是碍于父亲的人情，有一次差点被处以死刑。这样一个人，要对上帝产生敬畏之心，要是何等令他绝望的环境啊！海上的一次次风暴磨炼了他，使他回忆起儿时母亲对他温柔的教导。他渐渐相信，上帝一直在帮助他，否则，他早就不知葬身鱼腹多少回了。1748年，又是一次惨烈的风暴，大西洋的海水不断地涌进船身，牛顿和船长忧心忡忡地交换完意见，得出结论说："如果这样都不行，只好求上帝怜悯我们了。"[①]他回忆说，

---

① 约拿单·艾特肯. 奇异恩典——约翰·牛顿传. 张鹤，译. 北京：中国社会科学出版社，2010：40.

此话一出，他立即惊呆了，"这是我第一次渴望向上帝求得怜悯"。①

随后不久，当眼前的陆地被证实不过是海市蜃楼，船员们开始失去耐心，他们一起来怪罪牛顿，认为这一切厄运都是因为在航行初期牛顿不断地诅天咒地，大大亵渎了上帝的名。船长斯万维克竟然意图把牛顿扔进大海——就像圣经旧约中约拿的故事那样。虽然这并没有成真，可是牛顿着实受到了惊吓，他的良心也大受责备。

圣经中多处提到使海浪平静的乃是上帝，换句话说，上帝是自然界的主宰。旧约的约拿记讲述了一位不服从耶和华差遣的先知约拿的故事。耶和华差遣约拿去尼尼微城宣布悔改的消息，他对尼尼微城却成见太深，认为其理应毁灭，不得拯救，于是赶上一艘开往他施的船只，以此抗拒耶和华的命令。"然而耶和华使海中起大风，海就狂风大作，甚至船几乎破坏。"（约拿书1：4）直到众人"将约拿抬起，抛在海中，海的狂浪就平息了"。（约拿书1：15）而耶和华安排了一条大鱼吞下约拿，使他在里面待了三天三夜，直到他的心不再逃避神。

诗篇第107篇里对类似的场景有非常具体的表达：

> 在海上坐船，
> 在大水中经理事务的，
> 他们看见耶和华的作为，
> 并他在深水中的奇事。
> 因他一吩咐，狂风就起来，
> 海中的波浪也扬起。
> 他们上到天空，下到海底，
> 他们的心因患难便消化。
> 他们摇摇晃晃，东倒西歪，好像醉酒的人；
> 他们的智慧无法可施。
> 于是，他们在苦难中哀求耶和华，
> 他从他们的祸患中领出他们来。

---

① 约拿单·艾特肯. 奇异恩典——约翰·牛顿传. 张鹤, 译. 北京：中国社会科学出版社, 2010：40.

> 他使狂风止息,
> 波浪就平静。
> 风息浪静,他们便欢喜,
> 他就引他们到所愿去的海口。①

也许,浸润在基督教文化中的英国人,纵使不那么认真地研读圣经,也道听途说了耶和华有掌管风与海的权柄。所以,在他们在海上遭遇风暴、危在旦夕时,便立刻会变得十分"敬虔",纷纷思想起上帝来。当然,牛顿由此而领悟到上帝对他生命中更多领域的主权,进而委身于此信仰,又是另一回事了。

另一个值得一提的人物便是约翰·卫斯理(John Wesley,1703-1791),他是18世纪英国享有盛誉的布道家,"循道宗"(Methodism)创始人。他的父亲是一位牧师,他和弟弟查理在信仰上亦有非常执著的追求。两人在牛津大学求学期间曾组织以追求生命内在圣洁为宗旨的小团体"圣社",成员不多,5人左右,标准却非常高。起初每星期聚会一次,后来发展到每晚必聚。"聚会时先有祷告,然后一同研究希腊文圣经或其他希腊及拉丁的古典作品。此外又彼此检讨日间的言行及工作,并计划翌日待办的事。每星期三及星期六规定禁食,每周举行圣餐一次。"②此外,他们还开展了多方面的对外活动。有的负责关心和鼓励周围的同学,有的负责救济学校附近的贫民,有的负责探访囚徒,关心他们的灵魂和身体。因为他们对求道十分热心,有人嘲笑他们"循规蹈矩","循道宗"的称呼便是由此而来的。

总之卫斯理对生命内在的更新非常重视。1735年,他和弟弟受邀赴美洲佐治亚殖民地宣教。4个月的海上经历,外在环境的凶险与对他信仰的巨大冲击都记载在他的日记里。

在颠簸的海浪上,每一次大大小小的危险,卫斯理都视之为对信仰状况的检验。

1735年10月31日的日记写道:

---

① 《旧约·诗篇》107:23-30.
② 许牧世. 约翰·卫斯理传略//约翰·卫斯理. 约翰·卫斯理日记. 许碧端,译. 北京:宗教文化出版社,2012:4.

3.2 弟弟约翰的船难给华兹华斯的自然观带来的冲击

"我们的船驶过丹兹(Downs)。夜里11点钟我给大喧嚷声所惊醒。不久我就知道已没有危险。但这片刻的感悟，使我确知那每一刻都处在生命边缘的人应该有那一种抱负。"①

1735年11月23日的日记写道：

"夜间我因船的剧烈震动和暴风的吼号惊醒过来；我既不愿意死，显然是我的灵性资格还不够。"②

他也会较为平静地欣赏海景，联想到诗篇中的描写。
1735年12月10日的日记写道：

"我们从考兹启碇，当天下午经过尼特斯。这里的散乱岩石和澎湃的巨浪击打着小岛的周围，怒涛竖立，有如海中危墙，给我一个很强烈的意境：'他用手心量诸水，用手虎口量苍天。'"③

不过，给他冲击最大的莫过于同行的一群日耳曼人对待风暴的态度，他们异乎寻常的平静令卫斯理大为惊叹。1736年1月25日，午间，第三个大风暴来临，甚为猛烈，"整条船不但剧烈地前后摆动，且是毫无定向地倾轧震撼，一个人即使捉住了可凭借的东西还是站立不住。每十分钟就有一次大震动，风浪猛击船尾或船边，好像要把船板撞碎了。"④然而，"7点钟的时候我去看那些日耳曼人，我久已观察到他们的极严肃的行为。他们处处表现出谦卑，他们替同船的旅客做些很低贱的工作，是英国人所绝不肯做的；他们这样做而不接受任何报酬，却说，这对矫正他们的骄傲心是有益处的；又说，爱他们的救主曾为他们做比这更大的事。每天都有机会让他们表现一种不计羞辱的谦逊。他们若是被人推开，击打或冲倒，他们站起来，走出去，口中没有一句怨言。现在有一个机会，看看他

---

① 约翰·卫斯理. 约翰·卫斯理日记. 许碧瑞，译. 北京：宗教文化出版社，2012：4.
② 约翰·卫斯理. 约翰·卫斯理日记. 许碧瑞，译. 北京：宗教文化出版社，2012：7.
③ 约翰·卫斯理. 约翰·卫斯理日记. 许碧瑞，译. 北京：宗教文化出版社，2012：7.
④ 约翰·卫斯理. 约翰·卫斯理日记. 许碧瑞，译. 北京：宗教文化出版社，2012：8.

们是否排除了恐惧,像他们之排除了骄傲、愤怒、报复等态度一样。他们的崇拜以圣诗开始,当诗刚唱到一半,浪涛冲击,把船帆撕裂得粉碎,水覆盖全船,淹浸甲板之间,好似大海已把我们吞没了。在英国人当中发出很可怕的喊声,日耳曼人却镇静地继续歌唱。事后我问他们当中的一位,'你那时不害怕么?'他答说,'感谢上帝,我不怕。'我又问,'但是你们当中的女人与小孩子也不怕么?'他很温和地答说,'不,我们的女人和小孩都不怕死。'离开他们后我就去看那些在啼哭、战栗中的人,指示他们在患难的时候敬畏上帝的人与不敬畏上帝的人之间的差别。到12点钟的时候风又定了。这真是我所看见的一个最荣耀的日子。"①

很有趣的是,在那个兵荒马乱的时刻,卫斯理竟还专程去观察日耳曼人的反应,可谓求道心切。而这群人也不负他所望,表现出超然的镇静与平安,深深激励了他,使最恐怖的日子成为了"最荣耀的日子",在他的记忆里熠熠发光。

到达美洲后,他很自然地为这群日耳曼人所吸引,直接与他们住在一起,好随时观察他们的一切言行。他说:"他们总是忙着做事,时刻喜乐,彼此谈笑,他们已除掉了一切生气、争闹、愤怒、恶意、喧嚣与说坏话等;他们真正是在一切事上,行事为人,都与蒙召的恩相称。"②(1736年2月25日)

这一年的7月10日,他在美洲遭遇了罕见的猛烈暴风雨,他又一次惧怕死亡,而不是渴望死亡。他不禁追问自己:"噢!什么时候我才情愿与基督同死和同在一起呢?就是当我全心爱他的时候!"③他是多么期待自己能摆脱对死亡的恐惧啊!因为这是爱主的明证,而爱主是基督徒最热切的追求。他多么希望自己能爱得再深一点!

为了宣道,常要在荒野中穿行,甚至露宿荒野,自然对于他们更多是难题和挑战。"地上和我们的衣裳一样潮湿,因为天气寒冷,一会儿都冻在一起;虽然如此,我们都睡到早晨6时。夜间下很重的露水,像一层白雪盖着我们。"(1736年12月22日)

卫斯理在美洲并不是很受当地的人们欢迎,他甚至因为太较真遭到了控诉,

---

① 约翰·卫斯理. 约翰·卫斯理日记. 许碧瑞,译. 北京:宗教文化出版社,2012:8-9.
② 约翰·卫斯理. 约翰·卫斯理日记. 许碧瑞,译. 北京:宗教文化出版社,2012:10.
③ 约翰·卫斯理. 约翰·卫斯理日记. 许碧瑞,译. 北京:宗教文化出版社,2012:14.

他虽然能泰然以对，但很清楚知道自己离开美洲的时候到了。返回英国的航行与来的时候最大的不同，就是他已不再惧怕海了，对于他而言，这是巨大的胜利。在抵达伦敦的那一天，他这样总结此次美洲之行，"虽然我所计划的没有实现，我仍有许多理由应当感谢上帝，因为他在意料之外带我到了那个陌生的地方。在这事上我相信他曾使我谦卑，试验我，指示我察看自己的内心。在这事上，我学会了提防人，又深深地领悟到如果我们在一切事上承认上帝，那么当我们在理性方面失败时，他必仍以签示或其他他所选择的方法指引我们。还有，我已克服了对海的恐惧；海是我从小就惧怕厌恶的。"①(1738 年 2 月 3 日)

1738 年的夏天，卫斯理如愿访问了摩拉维亚(Moravia)，就是他在美洲之行中深深被震慑的那群日耳曼人的精神之乡。他有幸会见了摩拉维亚派领袖亲岑多夫，还亲眼看到这派弟兄们在几处风景优美的山谷中过集体生活，亲爱如同手足，这令他想到原始教会信徒在一起生活的场景，心中甚为感动。不过，他之所以最终没有完全接受这一派的教义，是因为注意到他们唯一的缺点，就是过分夸张地坚持自己的主张，极端强调自己的组织，宗派色彩比较浓。

在牛顿和卫斯理的经历里，信仰就是这样医治恐惧的，包括对自然灾难的恐惧。但是，究竟应该如何看待自然灾难本身，在思想史上倒有过一次非常大的争辩。那便是针对发生在 1755 年葡萄牙里斯本大地震的不同理解。歌德把里斯本大地震与英法七年战争、法国大革命与拿破仑的时代并称为"(改变)世界的事件"②，康德在 1756 年连续发表了三篇有关此次大地震的论文，伏尔泰与卢梭专门就此问题公开对话，卷入这场讨论的还有教会各界人士。

里斯本是葡萄牙的首都，全国最大的城市、港口及文化中心。1755 年 11 月 1 日上午 9 点 30 分，全城 25 万居民多数已聚集在教堂门口，准备参加当日的万圣节弥撒，却被一场巨大的地震突袭，随后是海啸。据统计，约有 14000 所房屋在此次地震中倒塌，约有 5 万人因此丧生。但是，它之引人注目并不仅因为它的强度和损失。因为在它之前，欧洲也发生过别的大地震，强度并不次于它。比如 1666 年的伦敦地震，一共摧毁了 13200 所房屋。1720 年的法国普罗斯旺地震使

---

① 约翰·卫斯理. 约翰·卫斯理日记. 许碧瑞, 译. 北京：宗教文化出版社，2012：26.
② 转引自：陈正国. 英国思想界对里斯本大地震(1755)的回应. 台大文史哲学报，2012(76)：267.

10万人遇难。然而，这些大地震却从未引起像里斯本大地震这样广泛而强烈的社会影响，带来如此深入、多层次的思想论辩。这大概是因为它刚好爆发于思想史新旧板块的冲撞处吧。那么，到底它触动了那个时代哪一根敏感的神经呢？

当回忆前面几段对海难或危机的论述，我们会发现，无论是诗篇，还是约拿记，无论是卫斯理，还是牛顿，自然的反应与上帝的意志是如此紧密地相扣，波浪涌来的时候，他们的第一反应是向上帝祈求，波浪减退的时候，他们的第一反应是向上帝感恩。自然，仿佛是昭示他们与上帝关系的信使。这是基督教背景下对自然的传统理解。

但是，我们知道，启蒙主义时代，理性的权威日益大过信仰，对这种传统的自然观，人们自然生出许多的质疑。质疑之声主要来自对天主教批判最为猛烈的法国，其代表人物当首推伏尔泰。

伏尔泰在早年曾服膺于英国的智识发展，除了洛克、牛顿以外，他还特别热爱亚历山大·蒲柏(Alexander Pope)的诗。蒲柏在 1733—1734 年出版了诗论《人论》，反响极大。《人论》一书的主要思想类似于莱布尼茨的《神正论》，认为神是善的，祂所创造的世界也处处体现着祂的善意，即便会有地震或暴君这样的自然或人为之恶，但个别的恶仍然无损于普遍的善，虽然个体与部分有伤损，但作为全体的人类毕竟得以保全。他用优美的诗句非常清晰地表达了这一观点：

> "当地震吞噬，或者暴风雨肆虐
> 城镇成坟场，全人类便跌进深渊？
> '不'（答道），'全能的第一因的运作'
> 不在个别对象，而在一般律则。
> ……
> 既然瘟疫或地震都毁坏不了天的设计
> 何能区区一个波吉亚或一个卡特林？"①

---

① John Butt (ed.). The Poems of Alexander Pope. London: Routledge, 1963: 509, 转引自: 陈正国. 英国思想界对里斯本大地震(1755)的回应. 台大文史哲学报, 2012(76): 274-275. 该部分乃陈正国译，波吉亚是一位无能的教宗，卡特林是一位暴君。

3.2 弟弟约翰的船难给华兹华斯的自然观带来的冲击

《人论》里的经典名句是"凡存在者，都是。"①(Whatever is, is RIGHT.)这句宣告一般的话语表达了对造物主的仁慈何等大的信心！然而，里斯本的地震却引发了伏尔泰心中的地震，他开始怀疑蒲柏和莱布尼茨的乐观主义。同年12月，他发表诗论《诗说1755年里斯本灾难；或，检验"全是好的"公理》，对人们以"神恩"来消解掉自然灾难的恶提出了批评。他认为这里面有一个残酷的逻辑，为了不损害上帝的好，而把灾难的责任完全推脱在受难者一方。他为里斯本哀叹："已倾颓的里斯本曾经犯的邪僻/可胜过现在沉浸在邪液中的伦敦、巴黎?"②并且对世人发出振聋发聩的警告："有一天世界会变好，这是我们的愿望。/今天一切都好，这是幻想。"③

很显然，伏尔泰试图把自然灾害与上帝剥离开来，认为这既不能体现上帝的愤怒，也不能体现上帝的恩典，它就是自然的恶，一个不完美的世界里的正常现象，不要为它找什么理由，这纯属多余。然而，由于他过多地强调了人世悲剧的真实性，从而削弱了上帝的慈爱属性。他的论断遭到了多方反对。有来自教会的批评，也有来自像卢梭这样的自由知识分子的抵制。当然，卢梭的抗议也是基于信仰的考虑。在这里我们可以找到这场争论背后的张力之所在：信仰的传统与新的时代浪潮对信仰的挣脱至拒绝。

让我们具体来看一看维护信仰传统的一方针对里斯本地震与神恩的关系是如何展开他们的立论的。

先谈卢梭。1756年8月，卢梭发表《卢梭致伏尔泰的一封信》，公开回应与批评了伏尔泰的观点。他认为人间的灾难并不足以摧毁对上帝的信仰，里斯本地震并不是人间的第一场灾难，也不会是最后一场，上帝的心智远远大过我们的理解，这些局部的灾难并无伤祂的大的愿景，祂对人类的爱与祝福应从大的方面得以体认。这一点，他与蒲柏的观点颇像，即认为神恩是普遍的，而里斯本大地震中受难的人则是个别的。

---

① John Butt (ed.). The Poems of Alexander Pope. London: Routledge, 1963: 509, 转引自: 陈正国. 英国思想界对里斯本大地震(1755)的回应. 台大文史哲学报, 2012(76): 275.
② 转引自: 陈正国. 英国思想界对里斯本大地震(1755)的回应. 台大文史哲学报, 2012(76): 276.
③ 转引自: 陈正国. 英国思想界对里斯本大地震(1755)的回应. 台大文史哲学报, 2012(76): 276.

第3章 华兹华斯与基督教的自然观

教会与神学界的回应分为两种。德国神学家登佐（Johan Daniel Denso, 1708-1795）倾向于从自然科学的角度理解里斯本大地震，而不倾向于对此作出神学解释。他认为此事件的唯一积极意义就是通过了解这种自然现象，增进未来的科学知识。这种态度与当时自然科学的兴起有着密切关系。康德也是持这种看法。

英格兰教会则把此次大地震视为道德训诲的重要机会。结合《圣经·创世纪》中的"原罪"与《圣经·启示录》中的末日异象，把重大的自然灾害看作是上帝的警告或审判，是他们一贯的做法。1750年3月，伦敦发生了有感地震。同为卫理公会的创始人约翰·卫斯理的弟弟查理士·卫斯理在一篇布道中说："让我们从《圣经》与理性下结论吧，地震就是上帝审判的奇异工作（Strange Works），是原罪的合理结果与惩罚。"①由于此次地震并没有造成明显伤亡，神学界人士更偏重于其"示警"作用。查理士·卫斯理说："神用地底的雷声向你的心灵说话。上帝的声音已经传到这座城市——听这权杖，及其指派者。祂要求你必须注目祂的权力与正义。来，且看！新的缄封正在打开。是，来，且看神的工作。祂对人子（所做之事）是如此的可怕。"②所谓"示警"，就是敦促当下的人们严阵以待，不敢游戏人生，而是以面见死亡的紧迫来谨守自己的思、言、行。在自然神论试图把上帝在这个世界中的作为限制在仅仅是赋予人类理性的时代潮流下，这种对信仰的回潮也不啻为惊世骇俗之声了，这声音是如此地熟悉，仿佛旧约中指责流俗的先知，仿佛新约中指责伪宗教的耶稣。且听，圣经学者亚历山大（Alexander Cruden, 1699—1770）这样说："我相信，你不能，你真不能在你得知朋友将被吞噬，或处于极度艰难时，你却在奢侈与无度中度日；不能在游戏场所，啜饮原罪的上瘾淫欢。"③

---

① Charles Wesley. A Sermon preached from Psalm xlvi. 8. Occasioned by the Earthquake on March 8 1750 (2ed Edition). London, 1754：5-6，转引自：陈正国. 英国思想界对里斯本大地震（1755）的回应. 台大文史哲学报，2012(76)：279. 译文沿用陈正国。Strange Works 也可译为"奇事"。

② Charles Wesley. A Sermon preached from Psalm xlvi. 8. Occasioned by the Earthquake on March 8 1750 (2ed Edition). London, 1754：5-6，转引自：陈正国. 英国思想界对里斯本大地震（1755）的回应. 台大文史哲学报，2012(76)：279.

③ Alexander Cruden. An Address to the inhabitants of Great Britain, occasioned by the Late Earthquake at Lisbon. London：printed for J. Buckland, 1755：27，转引自：陈正国. 英国思想界对里斯本大地震（1755）的回应. 台大文史哲学报，2012(76)：281.

总之，这场自然灾难对于伏尔泰等人，是拒绝神恩论甚至拒绝信仰的由头；对教会人士，尤其英格兰的教会人士而言，则是拒绝自然神论、回归"特殊神意"的由头。我们知道，自然神论只承认"普遍神意"，即上帝赐给自然的规律，而不承认"特殊神意"，即上帝会干涉这个规律本身。该理论认为，观察人与自然的变化规律，不需要考察第一因(上帝)，只需要考察第二因，如风、火、雷、电本身即可。可是，当自然内部发生紊乱、无法自圆其说的时候，人们不由得会对这种井然有序的世界观产生质疑，比如，当自然的规律伤害了人的规律，像在这场大地震中彼此冲突，带来巨大的伤亡那样。上述提到的德国神学界及自然科学界对此事件仍然采用了自然神论的视角，但显然不能服众。拒绝自然神论解释的人更占上风，不过他们的立场分为两种。一部分人就此上升到连"普遍神意"也怀疑，如伏尔泰；另一部分人则选择加入"特殊神意"来理解，如英格兰教会。"特殊神意"彰显了上帝对自然的主权，当然也包括了对人的主权。它承认灾难的真实性，甚至毋宁说凸显灾难的可怕性，而不是像"神恩论"那样，"美化"现实，把人的目光从灾难的中心迅速转移到大的方面、好的方面，以此减轻灾难对心灵与信仰的冲撞力。在真实的灾难面前，人所感到的是无力与恐惧。而这两种感受正是基督教信仰最为看重的"谦卑"与"顺服"的信德所需要的。所以，承认"特殊神意"或"神迹"者，他们不仅承认自然灾难(而不止是中性的"自然现象")的确实性，因为众多生灵被卷入其中，而且认为其有正面的意义，这意义不只是作为对"整体"的保存，而且是本身所具备的完整的宗教意义——灾难或恐惧或许是此世的敌人，却绝不是超越此世的信仰的敌人。所以，在这样的时刻，不仅不该哀叹、怀疑、愤怒，而且应该专注、谨守、等候，加深对上帝的敬畏，从而与祂亲近——这看起来似乎有点悖论，敬畏好像标明的是距离感，而非亲近感；然而我们细细思量就会领悟到，敬畏上帝是离上帝最近的距离了。总之，对于这部分人而言，自然灾难的可怕已经被置换为上帝的可畏，从而把信众的撕心裂肺转换为从荒漠的尘世转向信仰的活水的一次机会。它完完全全是一个宗教事件，与任何其他的时候一样，它的目的乃是缝补因流浪而受伤的心。就这样，奇妙地，在灾难的中心，恐怖竟然成为了和平，离开竟然成为了回归。

让我们再来看看圣经中一些启示"末日"或"末世"的时刻。

新约福音书中，当耶稣一天天临近自己受难的日子时，他会不断地跟门徒们暗示他的再来,也即天国的到来。他用很多的比喻来晓谕门徒,在天国来临之前当如何度日。下面就是一个例子。

> "那时,天国好比十个童女拿着灯出去迎接新郎。其中有五个是愚拙的,五个是聪明的。愚拙的拿着灯,却不预备油;聪明的拿着灯,又预备油在器皿里。新郎迟延的时候,她们都打盹睡着了。半夜有人喊着说:'新郎来了,你们出来迎接他!'那些童女就都起来收拾灯。愚拙的对聪明的说:'请分点油给我们,因为我们的灯要灭了。'聪明的回答说:'恐怕不够你我用的,不如你们自己到卖油的那里去买吧!'她们去买的时候,新郎到了,那预备好了的,同他进去坐席,门就关了。其余的童女随后也来了,说:'主啊,主啊,给我们开门!'他却回答说:'我实在告诉你们:我不认识你们。'所以,你们要警醒,因为那日子、那时辰,你们不知道。"①

虽然迎接新郎是一件喜乐的事,但是对于等候的人,这着实是一个考验。因为那日子他们并不知道。警醒,因而成为极基本的应世态度,一刻不可缺。中国古人所言"如履薄冰"是也。

在整本圣经的最后一卷书《启示录》里,更是描绘了末日审判来临前天地毁坏的可怕场面。如:

> "揭开第六印的时候,我又看见地大震动,日头变黑像毛布,满月变红像血,天上的星辰坠落于地,如同无花果树被大风摇动,落下未熟的果子一样。天就挪移,好像书卷被卷起来;山岭海岛都被挪移,离开本位。地上的君王、臣宰、将军、富户、壮士和一切为奴的、自主的,都藏在山洞和岩石穴里,向山和岩石说:'倒在我们身上吧!把我们藏起来,躲避坐宝座者的面目和羔羊的愤怒,因为他们愤怒的大日到了,谁能站得住呢?'"②

这场面与亲历地震的人所见的是何等地相似!难怪教会人士会很容易由地震

---

① 马太福音 25:1-13.
② 启示录 6:12-17.

联想到末日，从中体会到上帝的"愤怒"。

在审判的日子，"海交出其中的死人，死亡和阴间也交出其中的死人。他们都照各人所行的受审判。"①无论活人死人，凡未被记录在生命册上的，即那些"胆怯的、不信的、可憎的、杀人的、淫乱的、行邪术的、拜偶像的和一切说谎话的"②，都要被投在火湖里，承受永远的死。而那些爱慕上帝，渴望与祂和好，永远与祂同住的人，"神要亲自与它们同在，作他们的神。神要擦去他们一切的眼泪，不再有死亡，也不再有悲哀、哭号、疼痛，因为以前的事都过去了。"③

所以，这是一个极恐怖的时刻，也是一个极喜庆的时刻。恐怖不仅在于它的出其不意，而且在于它充满着"愤怒"，有摧毁性的力量。这两方面的特点地震都具备。但面对地震的人可以因为他们的心而有不同的反应——准备好了的心和没有准备的心。就好像智慧的童女与愚拙的童女那样。前者以准备好了的心警醒、从容、顺利地进入起初的盼望之中；后者因为没有准备好自己的心，而大意、慌乱，最终被抛弃于团圆的日子之外。我们前面所讨论的面对海上风暴的态度不是也有这两种的差别吗？卫斯理专门在那样的日子对比了船上有信仰的人和没有信仰的人，发现终日活在谦恭的信仰中的摩拉维亚信徒一点也不惧怕死亡，而其余的人平顺时则放纵宴乐，危难时却陷入几乎失控的恐慌和悲哀中。这就是"准备好了"的人与"没准备好"的人的区别。人不能控制"末日"哪天临到——无论是此生的末日还是世界的末日，只能控制自己的心，使它远离放纵和迷惑，警醒、专注地等候，预备好足够的"油"在器皿里，使那日成为欢聚，而非弃绝；充满安慰，而非哀号。

虽然里斯本大地震只是局部性的，并未伤及远在英格兰的民众，但是从邻居的"末日"命运，却能推知自己的命运——人们不禁会扪心自问："末日迟早要来，我准备好了吗？""那一天对于我，是欣喜、还是灾难？"教会正是抓住了这样的时机，启发和激励信徒，紧紧抓住上帝的应许，随事随在过信心的生活，不要随波逐流，被起伏不定的际遇牵制。所谓"不愤不启、不悱不发"，面对这样的大事件，最是人心"愤"且"悱"的时刻。

---

① 启示录 20：13.
② 启示录 21：8.
③ 启示录 21：3-4.

圣公会牧师菲利普(Philip Bearcroft)安慰且训诫会众："对上帝恐惧是特别而难以估算的财富，它让我们远离其他所有的恐惧。"①一位作家以匿名的方式发表了《里斯本地震诗》，所采用的也是这种论调。他写道：

"无神论者再也无法自我欺瞒，
但为时已晚只能抖颤，
善人勇敢面对命运，
巨晃中兀自挺直不紊。"②

在诗的结尾，他借用《启示录》中的异象再次表达了世界末日对于那些善于等候的人是何等荣耀的日子：

"当第六封缄印开启
圆形世界就随最后一次地震而平夷
……
你们身穿白袍一字排列下跪
在座前叩首——然后是恩馈
你们将佩戴祂的天冠
最闪耀的珠宝在前排熠熠发光"③

在等候末日审判的过程中，除了警醒之外，爱心也特别重要。如彼得对信徒

---

① Philip Bearcroft. A Sermon. London：printed for Edward Owen, 1756：15. 转引自：陈正国. 英国思想界对里斯本大地震(1755)的回应. 台大文史哲学报, 2012(76)：285。中译沿用陈正国，但原文称 Philip Bearcroft 为"国教神父"，与上下文不合。从1530年开始，圣公会成为英国国教，它的神职人员当为"牧师"而非"神父"。"神父"是天主教的称谓。

② Anon. Poem on the Earthquake at Lisbon. London：printed for W. Owen, 1755：5，转引自：陈正国. 英国思想界对里斯本大地震(1755)的回应. 台大文史哲学报, 2012(76)：286. 中译沿用陈正国。

③ Anon. Poem on the Earthquake at Lisbon. London：printed for W. Owen, 1755：5，转引自：陈正国. 英国思想界对里斯本大地震(1755)的回应. 台大文史哲学报, 2012(76)：286. 中译沿用陈正国。

的规劝那样:"万物的结局近了,所以你们要谨慎自守,警醒祷告。最要紧的是彼此切实相爱,因为爱能遮掩许多的罪。"①总之,英格兰教会试图把民众对地震的恐惧转换成对末日审判的恐惧,因而这种在自然面前完全被动和无助的反应可以变成在上帝面前积极有为的行动——因为上帝会对这些行动作出回应。显然这个立场得到了较多人的认可,无论是国教还是卫理公会,甚至包括俗世诗人,都发出了同样的声音。

谈论了这么多,让我们回到华兹华斯。对于华兹华斯而言,弟弟约翰的船难不啻于一次"地震"。35岁的他,世界观基本稳定。当然,自然观是他的世界观的主角。也就是说,那个时候的他,已经对自然形成了比较确定的认识——慈爱的母亲、睿智的导师、快乐的玩伴,它是那么美丽、丰富、迷人,可以让他终生都有归属感,绝无遗憾。可是,此时此刻,这昔日熟悉的朋友却仿佛"背叛"了他,竟吞噬了他所爱的弟弟!这个时候,他的第一反应当然是痛苦,不仅痛苦于弟弟本身的遇难,更痛苦于他生存的根基——对自然的信仰遭到了出其不意的抽离,他唯感到窒息、空虚无力,没有再面对自然的勇气,他甚至给自己下了断言:"力量已消失,什么也不能使它复原"。(第35行)

可是博蒙特的画帮助他完成了一个"跳跃",即从巨大的意义断裂感中跳跃到接纳暴风雨中的自然和自然灾难中的人生悲剧,这是通过更新自己的心来达到的。他反省自己过去的心,过于封闭、过于盲目、过于自我,缺乏对世界的接触、认识和真正的爱。而正是痛苦"使我的灵魂秉具了人间味"(第36行),它撕破了那么美丽"梦境"的口子,使"愤怒的海"和"阴沉的岸"进入视线,弟弟的遇难,儿女的夭折,统统进入他的视线,他甚至不再排斥可能更多、更频繁的灾难的出现。因为,他相信"痛苦与哀悼并不至让我们丧失希望。"(第60行)换言之,"痛苦与哀悼"不见得完全是消极的东西,只要有正确的心去应对。经历过这些痛苦,这颗心会有更真的"良善"、更坚韧的"毅力"和更沉着的"耐心"。面临将来的痛苦,这颗心不仅会存有"希望",甚至还可能会"欢呼"。他依然爱着自然,但这次事故打乱了自然在他心目中的排序。它不再是至高无上的了——因为它也是不稳定的。比它更超越、更稳定的是敢于面对不确定未来的那颗心。至于这颗心的定力从何而来,这首诗并未做过多说明,那时的华兹华斯或许也还没有确定

---

① 彼得前书 4:7-8.

的答案。这有待我们做进一步的探索。在接下来的一小节中，我们将对华兹华斯最重要的作品之一《序曲》的前后两个版本中的自然观做一个对照，在这个对照中我们将发现，最终上帝跃至他的世界观中的最高位置，自然位于其后。或许，他发现唯有关注永恒能为心灵提供定力，而上帝即是唯一的永恒。

3.3 《序曲》前后期的信仰分野

3.3.1 《序曲》简介

《序曲》(The Prelude)又名《一位诗人心灵的成长》(Growth of a Poet's Mind)是华兹华斯的长篇自传体诗歌，对了解华兹华斯本人具有十分重要的意义，诗歌本身艺术价值也非常高，一直被视为华兹华斯的代表作。多年来，评论界公认《序曲》是华兹华斯最重要的作品，他们欣赏其"自然朴素的风格，对普通人的同情，对自我或心灵内在历程的重视。"①《序曲》1850年版出版时，英国的《绅士杂志》认为华兹华斯使英国诗歌再生，而这部作品复杂的文本史更为其增添了神秘性和丰富的意味。

《序曲》口语化的无韵诗(blank verse)风格，归功于 Cowper 出版于1785年的诗作《任务》(The Task)以及与柯勒律治的交流。不过华兹华斯认为自己的作品是接续了斯宾塞(Spenser)和弥尔顿(Milton)的传统，这两位诗人为他树立了"强烈而沉思的想象"的典范。在英语长诗中，确实只有《序曲》能够与《失乐园》相媲美。华兹华斯把弥尔顿的基督教史诗运用到一个诗人的精神自传中。

《序曲》的文本史十分复杂。华兹华斯为它投入了断断续续40多年的时间。他的草稿成形于1789年，第一个完整的版本成形于1839年，此后又做了多次修订。在格拉斯米尔的华兹华斯图书馆里，存有17个主要的《序曲》手稿，其中有许多又包含好几个阶段的修订。其中，1799年和1805年版的《序曲》有多个复本，说明华兹华斯曾认为这部作品已经完成。1850年，他完成了最后修订的《序曲》且预备好打印稿，然而他的遗嘱执行人在他去世后不久，对之进行了未经授

---

① 威廉·华兹华斯. 序曲或一位诗人心灵的成长. 丁宏为，译. 北京：中国对外翻译出版公司，1999：5.

权的编辑。好在1979年Norton修订版复原了华兹华斯手稿的面貌。有趣的是,即便到了最后的修订,华兹华斯依然没有给这个作品一个明确的名字,他一直把它称为"给柯勒律治的诗",并作为宏篇巨著《隐居者》构思中的一部分,起先是"附属",后来又是"预备",可惜这个庞大的计划终未实现。在他去世后,他的妻子建议这个没有名字的作品可以称为《序曲》。

1799年两部分的《序曲》

1798年冬,28岁的华兹华斯正和妹妹多萝西在德国学习德语,同时也继续哲学诗《隐士》的创作,这一计划在春天就已经出炉,现在却难以进行。他不禁问自己,是否未被呼召为一个诗人呢?然而对湖光山色怀抱着的童年生活的回忆,唤起了他写作的激情,给疑虑重重的他注入了确定,这个内心的历程记录在《序曲》的第一卷。正如他在这一部分所说的:"但我确实怀抱希望,想从/早先的岁月中提取振奋心灵的/思绪,稳住心智的犹豫与摇摆,/或许还能反击种种责备,/在如今这成熟的年月,以体面的劳作/报答它们的激励。"(第620至第625节,丁宏为中译)从美好的回忆中,他得到激励,自我审查的结果是那样可喜,"我似乎并不缺少那首要的/伟大天赋,那富有活力的灵魂,/也不乏一般的见地……我也不缺少外在的条件,那些/景物、意象。"(第145至第155节,丁宏为中译)所以,在第一卷的结尾,他很兴奋地说,"有一个目的至少已达到:我的/心灵已被唤起"。(第637-638节,丁宏为中译)

两个月后,随着诗歌的进展,他又生出另一个问题,这些童年的经验与他成年后的创造之间有什么联系呢?不过这个问题在1805年和1850两个版本里地位并不显著。

所以,1799年的《序曲》,第一部分讨论童年的意蕴,第二部分继续描述青少年时光。

1805年的《序曲》

1801年,华兹华斯试图扩展1799年的《序曲》,不过直到1804年初他才充满了热情投入这件事。彼时柯勒律治准备启程到地中海休养,华兹华斯想为他做点什么,于是决定创作一个由五章构成的新版《序曲》,这个版本可能在当年的三月初得以完稿。然而这一工作似乎得到更多的激发，欲罢不能。至 1805 年 5 月，他完成了由 13 章构成的《序曲》。前一个版本到他就读剑桥大学为止，后一个版本首次描述了他在法国的经历、对法国大革命的信奉、紧接着又成为葛德汶（Godwin）理性主义的忠实崇拜者、1796 年春的精神崩溃以及通过多萝西的影响和大自然的治疗得以康复等内容。

完成 1805 年的《序曲》之后，华兹华斯只拷贝了两份，他认为这部作品谈了太多的"自己"，在文学史上还没有这样的先例，要想与弥尔顿的基督教史诗比肩，必须待把它嵌入预计要完成的《隐士》，所以他一直未将之付样。所以直到 1926 年，Ernest de Selincourt 才首次出版了这部手稿。

1850 年的《序曲》

1850 年的《序曲》是三次全面的修改及无数次细小的修订的结果。1816/1819，1832、1839 年的修改，皆有完善的拷贝。在华兹华斯去世后的十周，1839 年的那个稿本终于付印。相比于 1805 年的版本，1850 年的版本在结构上作出的重大调整，仅仅是略去了 Vaudracour 和 Julia 的片段，它们在 1820 年独立出版了，还有就是把第十章划分为两章，所以 1850 年的《序曲》一共有 14 章。然而在风格和语气上，1850 年的版本与 1805 年的极为不同。他去除了一些看上去粗略的地点，厘清了句法结构，增补了细节，最明显的是，因着触及基督教的敬虔，"他缓和了诗歌中人心与自然起应时的那种神圣自足性的较为激进的陈述。"①

3.3.2 《序曲》1850 年版对 1805 年版泛神论部分的修订

接下来，本书将逐卷找出 1850 年版《序曲》对 1805 年版《序曲》从基督教的角度对凡涉及泛神论字句的明显修订，以突显其信仰的"更新"是何等认真和全面——竟然能更新记忆。这些信息 Norton 版已经在脚注中一一标明，本书只不过把它们罗列出来，加以更为细致的分析而已。丁宏为先生的中译本《序曲或一位诗人心灵的成长》采用的底本是 1850 年版的，本书所引用的他的译文皆从此出，就不再一一说明了。

---

① Norton xii.

《序曲》第一卷

第一卷主要讲华兹华斯在孩童时代与自然结下的缘,以及他如何从中领悟自己一生的使命。

"Keen as a Truant or a Fugitive, / But as a **Pilgrim** resolute, I took, / Even with the chance equipment of that hour, / The road that pointed toward **the chosen Vale**."(1850, Book first, line 90-93) 1805 年版相应内容如下:"Even with the chance equipment of that hour/ I journeyed towards the **vale which I had chosen**."(line 99-100) 与 1805 年的版本相比,1950 年的版本强调了朝圣者(pilgrim)这个身份,并且把"选择"的权力让渡给一个更高的存在。丁宏为先生的翻译似乎没有捕捉到这个特点,他对 1850 版本的译文如下:"带上当时随身的/行装,以轻捷而急切的步伐,似逃学/或逃亡,但又坚定如朝圣的香客,/我踏上一条引我前行的道路,/走向那个刚**被我选定**的山谷。"①这给人的感觉是沿用了 1805 年的版本。本书认为,为了突出华兹华斯从主动式到被动式的改动,这样译可能更能传达背后的深意:"似急切的逃学或逃亡者/却又如坚定的朝圣者/我以当时轻便的行装/走上那条通往**选定**山谷的道路。"在基督教的背景里,人的自由度是十分有限的,华兹华斯的这个改动恰能体现他的世界观发生的转换。

"More often resting at some gentle place/ Within the groves of chivalry I pipe/ Among the shepherds, with reposing knights/ Sit by a fountain-side and hear their tales."(1805, Book first, line181-184) 1850 年版扩展了这一部分内容,对战争的场面和情感进行了更深入的描绘。"More often turning to some gentle place/ Within the groves of Chivalry, I pipe/ To shepherd swains, or seated harp in hand, / Amid reposing knights by a river side/ Or fountain, listen to the grave reports/ Of dire enchantments faced and overcome/ By the strong mind, and tales of warlike feats, / Where spear encountered spear, and sword with sword/ Fought, as if conscious of the blazonry/ That the shield bore, so glorious was the strife; / Whence inspiration for a song that winds/ Through ever changing scenes of votive quest/ **Wrongs to redress**,

---

① 威廉·华兹华斯. 序曲或一位诗人心灵的成长. 丁宏为,译. 北京:中国对外翻译出版公司,1999:4.

harmonious tribute paid/ To **patient courage and unblemished truth**, / To **firm devotion, zeal unquenchable**, / And **Christian meekness hallowing faithful loves**."(1850, Book first, line170-185)"但更多时,我走入骑士故事的丛林,/寻得一处幽静的地方,对羊倌们/吹起笛子,或怀抱竖琴,坐在/悠然偃卧的骑士中间,于河边,/或在泉边,从幽婉的诉说中,听到/坚强的意志如何面对和征服/不详的魅惑;还有征战的故事,/疆场上利剑相拼,长矛相交,/战斗如此辉煌,似乎矛锋/剑刃竟知晓盾牌上的英雄纹章。/一个灵感由此产生:远征的/骑士立志匡扶正义,我该用/诗歌联结起征途上变幻的场景,/音韵献给坚韧的勇气和无瑕的/真诚,不渝的信念、不灭的热忱,/或基督徒的温情如何使忠贞之爱神圣。"①(丁宏为译)"meekness"或可译为"顺服",相比于"温情",它更能标识一个基督徒的特点,也是基督徒的生命与"神圣"相连的唯一途径。Norton版的脚注写道:"通过唤起对埃德蒙特·斯宾塞(Edmund Spenser)的回忆,华兹华斯使这首诗有了一个**道德的转向**,用塞林哥特(Selincourt)的话说,1805年的版本'相当天真无邪'(innocent)。185行的'忠贞之爱'与《仙后》(The Faerie Queene)的开头相呼应,即'激烈的战斗与忠贞之爱将使我的诗歌富于教诲'(moralize)"。②

"**The mind of man** is framed even like the breath/ And harmony of music. There is a dark/ Invisible workmanship that reconciles/ Discordant elements, and makes them **move**/ In one society."(1805, Book first, line351-355)"**Dust as we are, the immortal spirit** grows/ Like harmony in music; there is a dark/ Inscrutable workmanship that reconciles/ Discordant elements, makes them **cling together** in one society."(1850, Book first, line340-344)这里有一个很明显的调整,Norton版对"Dust as we are, the immortal spirit grows"的注写着,"这一句**敬虔**的话初次出现在MS. D(1832)"③,即这个改动是从1832年的手稿开始的,此后一直保持。为了更好地对比,我试译1805年版的,并对比丁宏为先生译的1850年版的。"人心的构造甚至像呼吸/像和谐的音律。有一个暗中/无形的工艺调解着/不和谐的因素,使它们运行/在同一个集体。"(本书作者试译,1805年版)"**我们虽是凡夫俗**

---

① 威廉·华兹华斯.序曲或一位诗人心灵的成长.丁宏为,译.北京:中国对外翻译出版公司,1999:7-8.
② Norton p. 39.
③ Norton p. 47.

子,却产生/不朽的精神,就像音乐的和声。/一种不可捉摸的匠艺神秘地/调解着不和谐的因素,使它们/簇拥在一起,密不可分。"(丁宏为译,1850年版)相比于1805年版,1850年版作出了几个意味深长的改动。第一,1805年版以对"人心"的赞美开头,1850年版却以感叹人肉体的卑微开头,丁宏为先生译为"凡夫俗子",直译当作"我们虽如尘土",似乎更贴近原意。另外,"grow"译为"产生"似乎也不够准确,逗号前后,当是一种对比关系,而不是生成关系,即便这不是丁宏为先生的本意,也容易给读者造成这样的理解。况且这个语境下,"grow"应是不及物动词,一般译为"生长",若出于诗意的考虑,也可译作"更新"。所以,我倾向于把后半句译作"不朽的精神却更新"。圣经里也有与此类似的表达,"So we do not lose heart. Even though our outer nature is wasting away, our inner nature is being renewed day by day."(NRSV 1 Corinthians 4:16)和合本译作"所以,我们不丧胆。外体虽然毁坏,内心却一天新似一天。"(哥林多前书4:16)考虑到这里的敬虔氛围,与圣经有这样的暗合是适宜的。第二,原先用"invisible"形容工艺,现在改用"inscrutable",前者只突出视觉上的无力捕捉,后者却更强调其神秘性,是对人全方位的隐藏,用理智也无法思量,因而不止是"无形",且是"难以测度"。第三,原先用"move in one society"表达经无形的工艺调解后,所有的部分都在一个整体里运行。现在改用"cling together",更强调各因素之间的彼此依附,这工艺的效力显得更强了。

  接下来的诗行结合了诗人自己的经历来谈这工艺的能力,可以帮助我们更具体地了解它的运作。由于两个版本基本一致,我们在这里仅完整录入1850年版的,个别词句和语气的差异放在后边说明。"How strange that all/ The terrors, pains, and early miseries, / Regrets, vexations, lassitudes interfused/ Within my mind, should e'er have borne a part, / And that a needful part, in making up/ The calm existence that is mine when I/ Am worthy of myself! Praise to the end! / Thanks likewise for the means! But I believe/ That Nature, oftentimes, when she would frame/ A favored being, from his earliest dawn/ Of infancy doth open out the clouds/ As at the touch of lightning, seeking him/ With gentlest visitation; not the less, / Though haply aiming at the self-same end, / Does it delight her sometimes to employ/ Severer interventions, ministry/ More palpable—and so she dealt with me."(1850, Book first, line344-370）中译本的翻译如下，"多么/奇妙啊，当我不再荒废人生，/所有的恐惧、痛苦及早先的遗憾、/懊恼、倦怠和苦闷都在我心灵中/融合，竟在我需要时一同发挥/作用，合成我平静的生命，给我以/原本的自身！感谢最终的结果！/感谢大自然使用的手段，感谢她/对我垂顾曲尊。她或蔼然/来临，无需畏惧；或引起轻轻的/惊恐，如无痛的光芒开启静憩的/白云；或为达目的她变得严厉，/让我更能感知她的职分。"（丁宏为译）相比于1805年版，这里的语气明显强烈了许多，第350行连用了两个感叹号。此外，在措辞上，也有与前述"工艺"的效力增强相似的更改。1850年版更强调旧时的种种负面经历对构成后来自我"平静的存在"的**必要性**，增加了"(they) have borne a part, / And that a needful part"这一句。华兹华斯怀着深情描述了自然如何垂怜人类，用种种信号来引导各异的处境，而有了人复杂的心情，而这一切的方式，都为了调适出一个宁静的生命。在华兹华斯这里，"不朽的精神""不可捉摸的匠艺"与"自然"，都是创造和谐的，但在这里并没有很清晰地表明其中的层次。

《序曲》第二卷

第二卷延续第一卷的主题，特别提到了孤独和想象力在与自然相交方面所起的作用。

"Wonder not/ If high the transport, great the joy I felt, / Communing in this sort through earth and heaven/ With every form of **creature**, as it looked/ Towards the **Uncreated** with a countenance/ Of adoration, with an eye of love. / One song they sang, and it was audible, / Most audible, then, when the fleshly ear, / O'ercome by **humblest** prelude of that strain. / Forgot her functions, and slept undisturbed." （1850, Book second, line409-419）"不要诧异——/如果我心荡神移，感到极致的/欢乐，如果我以如此方式/与天地间每一种被造物交流，看它们/以崇敬的表情和爱的目光注视着/造物的上帝。他们唱着同一支/歌曲，而只有当肉体的耳朵被一段/最平凡的引子迷住，忘掉她的/功能，安然睡去，我们才能/听见这歌声，才听得最最清晰。"[1]（丁宏为译）"Wonder not/ If such my transports were, **for in all things**/I

---

[1] 威廉·华兹华斯. 序曲或一位诗人心灵的成长. 丁宏为，译. 北京：中国对外翻译出版公司，1999：36.

saw one life, and felt that it was joy; / One song they sang, and it was audible—/ Most audible then when the fleshly ear, / O'ercome by grosser prelude of that strain, / Forgot its functions and slept undisturbed."(1805, Book second, line428-434)我们注意到,在这里,华兹华斯做了两处与信仰有关的修改。一处是把"不要诧异/如果我如此欣喜,因为**在众物之中/我看见一个生命**,且感觉到它的愉悦;/它们唱着同一首歌曲"改为"不要诧异/如果我喜不自禁,欢乐非常/因为**以这种方式**与天地间/每种形式的造物沟通/当它以充满爱意的眼睛,以爱慕的表情注视着/造物主"。1850年版的注对此分析如下:"华兹华斯保留了自1789年即撰写的泛神论思想,直至1839年的修订,但此后他以强调上帝——造物主,与其造物之间区别的诗句替代之。"①言之凿凿。我们发现,不同的信仰带来不同内质的情感体验,即便此时追忆的是同一件事,甚至追忆到的是同一种心情,对它却有着不同的感受了。同样的极其欢喜,兴奋点却不一样。前者是因为感受到万物的统一性所带来的和谐,后者则是因为感受到与万物怀着同样的爱来敬拜造物主所带来的相契,后者突出了"爱"的关系。一处是把"grosser"改为"humblest",1805年版的注写道:"grosser prelude代表任何来自外部的刺激。"②"humble"是一个宗教意味很浓的词,与前面强调造物与造物主的区别如出一辙。

《序曲》第三卷

第三卷主要讲华兹华斯寄宿剑桥的种种不适。

"And, more than all, a strangeness in the mind, / A feeling that I was not for that hour, / Nor for that place. But wherefore be cast down? / For (not to speak of Reason and her pure/ Reflective acts to fix the moral law/ Deep in the conscience nor of Christian Hope, / Bowing her head before her sister Faith/ As one far mightier), hither I had come, / Bear witness Truth, endowed with holy powers/ And faculties, whether to work or feel."(1850, Book third, line80-89)"更有一种异样的感觉/潜入心灵:似乎在错误的时间/来到错误的地方。但何必沮丧/让事实作证,我落脚于此,无论/读书还是感知,都带着天赋的/神圣能力与才智(更何况还有/理性,她

---

① Norton p. 89.
② Norton p. 88.

那抽象的思索将道德/法则深深植入内心；还有/基督徒的期望，她敬奉她的姊妹——/信仰，认她为更加强大的力量。）"①(丁宏为译)"Why should I grieve? —**I was a chosen son.** / For hither I had come with holy powers/ And faculties, whether to work or feel：/ To apprehend all passions and all moods/ Which time, and place, and season do impress/ Upon the visible universe, and work/ Like changes there by force of my own mind. / **I was a freeman, in the purest sense**/ Was free, and to majestic ends was strong—/ I do not speak of learning, moral truth, / Or understanding—'twas enough for me/ To know that I was otherwise endowed."(1805, Book third, line82-93) Norton版1805年的注写道："华兹华斯确信自己为自然所拣选之子，一直保留到1838/39年的修订。"让我们来对比一下两个版本。"我又何必忧伤？——我是一个被拣选之子。/我带着神圣的力量/与才能来到这里，无论是组织还是感觉：能理解所有的激情与心境/那是时间、空间与季节将自己的印记刻在/可见的宇宙之上，/且像是受我心灵的推动而改变那样运行。/我是一个自由的人，在最纯净的意义上/是自由的，并且从最壮丽的目的来看是强壮的——/我不是说学习，道德的真理，/或理解它——它们已足够/使我确知我所受的赠予。"(本书作者试译1805年版)我们发现，1805年版很强调"心灵"的能动性，它是作者的"自由"之源，在自然面前，它似乎"推动"着外在的变化，在时间、空间和季节共同构成的剧本里，它的理解是如此之深，以至于能与之同步起舞，换句话说，它以其理解力分享了宇宙的动感。而1850年版则加增了其远赴剑桥求学期间的资粮，首先是理性，它以其反思能力把道德法则深深坚固于良心之中，其次是基督徒的盼望，且这盼望是屈尊于她的姐妹信仰的，也就是说，信仰也是那时的他佩戴于身上的。更确切地说，这些资粮早已背负在他的肩上，但最初盘点的时候并未进入他的视野，那时的他仅看到自己有领悟自然枢机的能力，以及对道德真理的爱慕，甚至光是前者已足以使他在那个令他感觉不适的环境里心满意足了。但是后来，他放弃了那个"自然所拣选之子"的自信说法，收敛了对内心强大的颖悟能力的描述，平衡以理性、盼望与信仰这三个要素，一起构成那个时候精神的支撑。也许那个时候的他并没有过着有鲜明标志的基督徒生活，可是在年老的华兹

---

① 威廉·华兹华斯. 序曲或一位诗人心灵的成长. 丁宏为, 译. 北京：中国对外翻译出版公司, 1999：56.

华斯看来，基督宗教信仰及其带来的盼望，早已注入他生命的底层，默默发挥着影响，无论当时他是否鲜明地意识到。更进一步，我们可以做出这样的推论，在华兹华斯心目中，标志着一个基督徒的，首先不是外在的特点，而是内心的相符，即使在自己的理性并不以为然的时候。

《序曲》第四卷

第四卷主要讲华兹华斯暑假回家经历的心灵的复苏。

"When from our better selves we have too long/ Been parted by the hurrying world, and droop, / Sick of its business, of its pleasures tired, / How gracious, how benign, is Solitude; / How potent a mere image of her sway; / Most potent when impressed upon the mind/ With an appropriate human centre—hermit, / Deep in the bosom of the wilderness; / Votary (in vast cathedral, where no foot/ Is treading, where no other face is seen)/ Kneeling at prayers; or watchman on the top/ Of lighthouse, beaten by Atlantic waves; / Or as the soul of that great Power is met/ Sometimes embodied on a public road, / When, for the night deserted, it assumes/ A character of quiet more profound/ Than pathless wastes." (1850, Book Fourth, line 353-369) "From many wanderings that have left behind/ Remembrances not lifeless, I will here/ Single out one, then pass to other themes. / A favorite pleasure hath it been with me/ From time of earliest youth to walk alone/ Along the public way, when, for the night/ Deserted, in its silence it assumes/ A character of deeper quietness/ Than pathless solitudes." (1805, Book Fourth, line 361-369) "当世间的奔波使我们久别自己的/良知，当我们厌倦了每日的营生/与享乐，如草木渐渐枯萎，此时/多渴望孤寂：她那般亲切、仁慈，/仅幻想被她支配，已能感到/医治心灵的药力，特别是当想象的/画面中有个合适的人物在她的/王国里静居——荒野深处的隐士；/长跪祷告的信徒(独自在庞大的/教堂中，绝无他人涉足)；或那/灯塔看守者，独居塔上，俯瞰着/大西洋的波涛一层一层地涌来；/或有时，我感到那孤寂的力量也在/公路上伸展她的魂灵，是这/道路使宁静的夜晚更加宁静，/胜过漫漫荒漠——即使这荒漠/绝无人迹行踪。"①(丁宏为译)1850年版显然比1805年版生动了许多，晚

---

① 威廉·华兹华斯. 序曲或一位诗人心灵的成长. 丁宏为，译. 北京：中国对外翻译出版公司，1999：94.

年的华兹华斯对"独处"有了更深的体会。1805年版那里,好像只是捕捉了一个难忘的瞬间,即在夜晚的公路上独行;1850年版却是在回顾"独处"本身的况味,他认为那时的我们是"更好的自己",群居的生活让我们繁忙到厌恶,甚至享乐也使我们筋疲力尽,而"独处"却馈赠我们以安恬,甚至光是想一想有着"独处"特征的"印象",就能感受到它的美妙影响。之后他列举了几个在他的心目中最能传达出"独处"况味的景象,先是三位人,一位是荒野中的隐士,一位是独自一人跪在宏伟的大教堂里祷告的信徒,一位是在大西洋的波涛中,灯塔顶端的守夜人,后是一条夜色中的公路,他认为其安静要比人迹罕至的荒原更为深邃。我们发现,无论是这三位人,还是这一条路,都是把一个有限的存在放在一个巨大的背景之下,这背景相对于画面的焦点,几近无穷大。而这,可能正是华兹华斯对"独处"的理解吧。而且,这样的氛围让他感觉如此安恬,而成为他深深的向往。不仅如此,我们还可以留意一下画面的焦点处两位有着特别文化烙印的角色——隐士和信徒,他们的身份与他们身后的背景决定了这样的"独处"是可以带来平静安稳的。荒野对于隐士,是一个遮蔽其社会身份及滋养其生命的场所;大教堂对于信徒,是一个可以完全交托自己所有的地方,如《圣经·诗篇》所言"有一件事,我曾求耶和华,我仍要寻求:就是一生一世住在耶和华的殿中,瞻仰他的荣美,在他的殿里求问。"(诗27:4)灯塔守夜人的身份更为单纯些,他们的安全感来于在这茫茫夜色与茫茫大海上,自己却处身于一个绝对安全的地带。那条夜色中的公路也有类似的特点,它似乎是对无边的黑暗的一种克服,以其持续性与坚固性给人以安全感。由此,我们可以做出这样的推论,华兹华斯心目中那理想的"独处"状态,其特点不仅是孤寂,而且是安稳。而后者,正是他在晚年皈依基督教之后所品尝并且所珍视的。

《序曲》第五卷

这一卷主要讲书籍、自然与上帝之间的关系如何在生命的早年共同塑造美好的心灵。

"Hitherto/ In progress through this verse my mind hath looked/ Upon the speaking face of earth and heaven/ As her prime teacher, intercourse with man/ Established by the Sovereign Intellect, / Who through that bodily image hate diffused/ **A soul divine** which we participate, / A deathless spirit." (1805, Book Fifth, line10-17) "Hitherto, / In progress through this work, my mind hath looked/ Upon the speaking face of earth and heaven/ As her prime teacher, intercourse with man/ Established by the sovereign Intellect, / Who through that bodily image hath diffused, / **As might appear to the eye of fleeting time**, / A deathless spirit." (1850, Book Fifth, line11-18)"在先前的章节中,我的心灵面对/天与地生动的容颜,拜认了她的/最初的教师,她与自然的交流/全靠那至圣的智者——在世间常人的/眼中,是他用有形的语言使不死的精神在天地之间漫弥。"①(丁宏为译)Norton 版对 1805 年版的注写道:"人与自然之间的交流是由'圣智'(即上帝——祂在别处也被称为'那唯一的至大的心')建立的,它通过物质世界散布了一个灵魂,或者生命力,人也分享它。这个对《丁登寺》94~103 行泛神论立场的重申在此后的版本作了修改(1832 或 1838/1839),但直到 1850 年版,才删去了所有与'神圣的灵魂'(soul divine)有关的内容,甚至自然中的'不死的灵魂'(deathless spirit)的看法也变成了转瞬即逝的人们的奇想。"②

"only less/ For what we may become, and what we need, / Than Nature's self which is the breath of God." (1805, Book Fifth, line221-222) "only less/ For what we are and what we may become, / Than Nature's self, which is the breath of God, / Or his pure Word by miracle revealed." (1850, Book Fifth, line219-222)"仅逊于大自然的力量,/只因她更能昭示我们的人性,/更激发我们的潜能;她是上帝的/低语,是他的真言在奇迹中显灵。"③(丁宏为译)这几句话是就着书籍的力量说的,华兹华斯珍视书籍,把它们尊为神圣,只是在他的价值序列里,书籍的地位依然比不上大自然,他随时不忘赞美他心爱的大自然。但我们发现,1850 年版在原来的句末增添了一句话,并列了又一个对大自然的认识——"是他的真言在奇迹中显灵",丁宏为把"revealed"译为"显灵",这个词的汉语语境太强,不适用于基督教的背景,建议遵照基督教的习惯译为"启示"。华兹华斯把上帝的"真言"与大

---

① 威廉·华兹华斯. 序曲或一位诗人心灵的成长. 丁宏为,译. 北京:中国对外翻译出版公司,1999:101.
② Norton, p.152.
③ 威廉·华兹华斯. 序曲或一位诗人心灵的成长. 丁宏为,译. 北京:中国对外翻译出版公司,1999:109.

自然之间做了一个联结。别小看这个动作，这大概就是从泛神论到基督教的过渡。我们知道泛神论并不强调"言"，对于他们而言，《圣经》就是一本历史书，并不具备启示的作用，表明上帝存在的是世界的存在本身；而基督教恰恰相反，整个信仰以《圣经》为核心，《圣经》的主角耶稣基督本来就是"道成肉身"，"道"即是"言"，耶稣基督有许多的"言"，而祂自己就是一个活生生的"言"。正如加尔文所说："圣经使我们迟钝的心开窍，并使我们原先对神模糊的认识变得清晰，而能正确地认识独一真神。……因为就认识他而言，他的话语是更直接、更确实的证据。"[①]华兹华斯认为大自然是上帝的真言通过奇迹启示出来的样子，短短一句话包含了非常丰富深刻的内容——对"上帝之书"的认同及"上帝之书"与"自然之书"的合一。如何理解两者的关系，这在中世纪以后可是一个非常重要的话题，讨论历时数世纪之久。

《序曲》第八卷

第八卷主要讲他如何借助想象，从自然中生发出对人类的情感(爱)；一种无法摧毁的肯定力及在混乱的人世间努力向善。这里集中展现了他的人性观。

"Then rose Man, inwardly contemplated, and present/ In my own being, to a loftier height—/ As of all visible natures crown, and first/ In capability of feeling what/ Was to be felt, in being rapt away/ By the divine effect of power and love—/ As, more than anything we know, instinct/ With godhead, and by reason and by will/ Acknowledging dependency sublime." (1805, Book Eighth, line631-640) "In the midst stood Man, / Outwardly, inwardly contemplated, / As, of all visible natures, crown, **though born/ Of dust, and kindred to the worm**, a Being, / Both in perception and discernment, first/ In every capability of rapture, / Through the divine effect of power and love; / As, more than anything we know, instinct/ With godhead, and, by reason and by will, / Acknowledging dependency sublime." (1850, Book Eighth, line485-494) "这一切的/中央屹立着人类，无论审视/其肉体或灵魂，都是所有有形/生命的帝王——虽生自泥土，是蠕虫的/近亲；无论其知觉与辨别力都首屈/一指，是实在的本体，通过上天的力与爱的作用，最能够达到/极致的欣悦，因

---

① 加尔文. 基督教要义. 钱曜诚, 等, 译. 上海：三联书店, 2010：40.

为他比一切/已知物都更富有神格，又凭理性/与意志，承认依赖上帝的神圣。"①（丁宏为译）对比两个版本，我们能很自然地发现他添加进的这一句"虽生自泥土/是蠕虫的近亲"是为了平衡一下对人的美誉，使其不至于自我膨胀，触犯了上帝的尊荣。"虽生自泥土"及与"蠕虫为近亲"这两个观念都来自圣经，我们能找到多处经文来佐证。比如《创世纪》第 2 章第 7 节就说："耶和华神用地上的尘土造人。"又有《创世纪》第 3 章第 19 节说："你本是尘土，仍要归于尘土"。《诗篇》第 103 篇第 14 节说："因为他知道我们的本体，思念我们不过是尘土。"《诗篇》第 44 篇第 25 节说："我们的性命伏于尘土；我们的肚腹紧贴地面。"圣经里著名的苦难的约伯在他最绝望的时候也说："神把我扔在淤泥中，我就像尘土和炉灰一般。"(《约伯记》30：19)尘土象征着地位的低下，比如"我们的性命伏于尘土"，这个"伏"字就透出这样的信息，这句话的英文是这样说的："We are brought down to the dust; our bodies cling to the ground."（NIV 版本）我们都知道"down"是指"下面"，显然尘土是在我们的最下方，而现在我们整个的性命都被拉到和尘土一个高度，真的是低得不能再低了。KJV 版的英文更出彩，"For our soul is bowed down to the dust; our belly cleaveth unto the earth."看到"bow down"，我们是不是很容易想到"鞠躬"这个姿势，其实"鞠躬"所要强调的意思就是"低下""卑微"，把自己埋下去，最深的鞠躬就是"五体投地"，很多宗教里都有"五体投地"这样的仪式。我们再来看看"蠕虫"的例子。圣经里凡提到虫的地方，除了在创始之初，人还未堕落的时候为中性词"昆虫"之外，别的地方都不是什么美义。要么是"蝗虫"、害虫，《申命记》第 28 章第 42 节："你所有的树木和你地里的出产必被蝗虫所吃。"要么和死亡相连，《约伯记》第 4 章第 19 节："何况那住在土房、根基在尘土里被蠹虫所毁坏的人呢?"《约伯记》第 21 章第 26 节："他们一样躺卧在尘土中，都被虫子遮盖。"《以赛亚书》第 14 章第 11 节："你的威势和你琴瑟的声音都下到阴间。你下铺的是虫，上盖的是蛆。"《约伯记》第 24 章 19 至第 20 节："干旱炎热消没雪水，阴间也如此消没犯罪之辈。怀他的母（注：原文作"胎"）要忘记他，虫子要吃他，觉得甘甜。他不再被人纪念；不义的人必如树折断。"直接提到人是蠕虫近亲的经文有：《约伯记》第 17 章第 14 节："若对朽坏

---

① 华兹华斯. 序曲或一位诗人心灵的成长. 丁宏为，译. 北京：中国对外翻译出版公司，1999：109.

说：'你是我的父'；对虫说：'你是我的母亲姐妹'"。《约伯记》第 25 章第 6 节："何况如虫的人，如蛆的世人呢！"《诗篇》第 22 章第 6 节："但我是虫，不是人，被众人羞辱，被百姓藐视。"还有好些地方同时提到了尘土和虫，如《约伯记》第 7 章第 5 节："我的肉体以虫子和尘土为衣，我的皮肤才收了口又重新破。"当人的"高大"形象被与虫这样一个象征着危害、死亡、微不足道、毫无尊荣的形象关联起来时，作为已经被人本主义洗脑的我们的第一感觉肯定是尺度上的不适，其次是觉得恶心，然而基督徒们却深以为然，华兹华斯也不例外。在现在的欧洲基督教界还保留着"大斋期"的传统，所谓大斋期，就是每年复活节前的 40 天，在这 40 天里，通常人们会戒掉自己平日里的某种嗜好，以操练清洁、虔敬的心，迎接复活节的到来。这个节期是以一个叫作"圣灰星期三"（Ash Wednesday）的仪式开始的。这一天的晚上，会众们会聚集在教会，听完证道之后，他们将排着队一一走到讲台前并跪在那里，而牧师将俯下身，为他们每一个人在额头上用灰划一个十字，同时，牧师会说："你本是由尘土造的，也将归于尘土"。这个仪式旨在提醒基督徒们，不要忘记了自己的身份，不要妄自尊大，要谦卑在主前，接受祂的塑造、祂的管教。当人类的历史进入后启蒙时期，人们开始对启蒙的理想进行反思时，也会把人与虫等同起来，以表达对过分高扬人性的人本主义的质疑，甚至是戏谑。比如卡夫卡（Franz Kafka，1883-1924）的短篇小说《变形记》，就描写了一个变成甲虫的普通小人物格里高尔，里面对他变成甲虫之后的种种感受描写得特别逼真，仿佛人真的成为了虫子。在一些现代绘画里，我们也容易看到很多艺术家把小动物和昆虫的尺度画得和人一样大，甚至比人还要大，这种不合常规的比例促使观者反思自己的种种固有的眼光和观念，挑战着人们的成见与习俗。这强大的冲击使人学会降卑，就好像"激流勇进"这个游戏一样，把人从风口浪尖一路拉到水平面，完全失去原先的"制高点"，再也无法"指点江山"，心怀万物。

为了实现这个从泛神论到基督教的"华丽转身"，华兹华斯经历过很痛苦的心灵蜕变，而此后重新理解和整合他过去的所见、所思、所感的努力，耗费了他更多，也更长久的心血，他最终馈赠于我们的，是一份叫做"和谐"的礼物。这份礼物还有待第 4 章的内容继续充实和完成。

第4章 华兹华斯的自然观与浪漫主义

通常认为，浪漫主义是对启蒙主义的反动。因为启蒙运动过于张扬的理性砍断了人们与永恒之间的联系，使人的存在感变得枯干和破碎，所以一些人试图以"还乡"的方式越过这个"文明"的阶段，回到那个平衡未被打破的阶段。他们打着的旗号有多种，有的是"回到古希腊"，有的是"回到民间"，有的是"回到中世纪"，其中有那么一支是"回到大自然"。把这个口号喊得最响的莫过于卢梭。当提到"自然"的时候，卢梭想到的是什么呢？淳朴的风尚，即最好的人和人的最好生存方式。卢梭认为，城市生活，人们最引以为豪的科学与艺术恰恰是罪恶的起源，它们强行扭曲人的天性，不仅没有给人带来福祉，反而把人置于悲惨的境地。因此，越远离城市的地方，就该是越纯净、越理想的地方。就这样，自然成为了他的向往，且他试图在那里建立一个属于全人类的乌托邦。这一梦想引起了许多人的共鸣，卢梭的影响迅速波及整个欧洲。在华兹华斯生活的时代，"自然"的意味已经是卢梭化了的了。本来就与自然有着得天独厚交情的华兹华斯，当带着这样的眼光去审视身边的景与人，自然很容易得出类似于卢梭的结论——自然是真情的土壤，接近自然的人更淳朴。毫无疑问，华兹华斯的自然观里，渗透着卢梭式的浪漫主义的气息。接下来我们就逐节展开论证。

4.1 浪漫主义的缘起及本质探究

对浪漫主义，向来有不同的定义。司汤达认为，浪漫主义是现代的和有趣的，古典主义是陈旧的和乏味的。歌德认为，浪漫主义是虚弱的、不健康的，古典主义是鲜活的、健康的。尼采则说，浪漫主义不是疾病，而是治疗疾病的药方。西斯蒙迪认为，浪漫主义是爱、宗教和骑士精神的联合。弗里德里希·冯·

根茨认为，浪漫主义与改革和革命同根，是对宗教、传统和旧时代的威胁。海涅认为，浪漫主义是中世纪的梦。马克思主义者也会认为，浪漫主义是对工业革命恐怖的逃避。以赛亚·柏林则认为，"浪漫主义运动不仅是一个有关艺术的运动，或一次艺术运动，而且是西方历史上的第一个艺术支配生活其他方面的运动，艺术君临一切的运动。"① 他说，"浪漫主义是一个欧洲范围的文学艺术运动，主要出现在德国、英国、意大利和法国。它兴起于18世纪末，鼎盛于19世纪30年代，在19世纪半的时候开始衰落；某些流派一直持续到19世纪晚期。"② 按照他的研究，浪漫主义运动产生于1760年和1830年之间。始于德国，后扩展开去。

柏林认为，虽然有人把法国大革命和浪漫主义联系在一起，认为前者是后者在政治领域的表达，可是法国大革命为之而战的信念即普遍理性、秩序和公正的原则，与浪漫主义所追求的独特性、深刻的情感反思和事物之间的差异性，路径是非常不同的。

激烈反叛普遍性的浪漫主义运动，在信仰领域的表达就是，"人们所钦佩的是全心全意地投入、真诚、灵魂的纯净，以及献身于信仰的能力和坚定性，不管他信仰的是何种信仰。"③ 这是因为，人们不再相信人能凭着自己的智识发现放之四海而皆准的真理，从而转向情感的评价标准。"对现代文明的忧虑、反思乃至批判，成为德国古典哲学的内在历史要求，也是德意志浪漫哲学形成的内在历史原因。"④

由于很难给呈现多样，甚至相互抵牾或毫不相干面孔的浪漫主义下定义，很多人倾向于认为浪漫主义只是一个没有确切内容的标签，但伯克依然认为浪漫主义的确存在，且引发了重要的思想革命，与英国的工业革命、法国的政治革命、俄国的社会和经济革命一样影响深远。据此，他摸索出，"研究浪漫主义唯一明智的方法，至少是我目前为止所发现的唯一有效的方法，就是耐心的历史方法；通过回顾18世纪初期，逐一思考当时的情形，逐一思考哪些因素颠覆了18世

---

① 以赛亚·柏林. 浪漫主义的根源. 亨利·哈代, 编. 吕梁, 等, 译. 南京：译林出版社, 2008：3.
② Edward Craig(ed.). Routledge Encyclopedia of Philosophy, Vol.8：348.
③ 以赛亚·柏林. 浪漫主义的根源. 亨利·哈代, 编. 吕梁, 等, 译. 南京：译林出版社, 2008：16.
④ 刘小枫. 诗化哲学. 上海：华东师范大学出版社, 2007：6.

纪，哪些因素的结合和融合导致了 18 世纪后期的变化，引起了西方意识的最伟大变革。时至今日，仍是如此。"①

伯克认为启蒙运动沿袭了西方的传统。这个传统表达为三个命题，其一，"所有真问题都能得到解答"；其二，"所有的答案都是可知的"；其三，"所有的答案必须是兼容的。"②只不过启蒙主义者不再信任传统的答案——无论是有神论的还是无神论的，所以诉诸理性。他们相信，理性既然能在物理化学领域结出硕果，也一样能应用于政治、伦理、美学等更复杂的领域。

刘小枫先生也从启蒙及启蒙后的思想变革思考浪漫主义的发生。他在现代性思想论争的背景下思考审美现代性的问题，认为现代性源于启蒙主义的人义论，与基督教的神义论相对立。

他说："美学作为一门独立的学科之确立，是 18 世纪末至 19 世纪初主要在德国兴起的现代性思想转折的结果，换言之，审美思想是与现代性问题纠结在一起的。……审美精神是一种生存论和世界观的类型，它体现为对某种无条件的绝对感性的追寻和对诗意化生活秩序的肯定。……从这种意义上说，'美学'不是一门文艺学学问(甚至不是一门哲学的分支学科)，而是身临现代型社会困境时的一种生存态度。哲人和诗人关注的是感性生存的可能性，审美(感性)形态涉及**个体生存意义的救护**，如卡西尔所看到的，**它包含着人义论的内核**。"③

他找到的线索：卢梭、康德、施勒格尔、席勒等启蒙后时代思想家，经尼采、波德莱尔和本雅明到当代的阿多诺、福柯。

让我们先来看看现代社会的一般特征。他说，"韦伯用脱魅过程来描述现代的社会质态：脱魅过程指世界图景和生活态度的合理化建构，致使宗教性的世界图景在欧洲崩塌，一个凡俗的文化和社会成型。"④

现代社会表现出强烈的此岸性特征，与此同时，作为此岸主体的人对自身的力量也有异常的确信。"这种此岸冲动的旨趣就是要脱离与彼岸的对抗性结构，

---

① 以赛亚·柏林. 浪漫主义的根源. 亨利·哈代，编. 吕梁，等，译. 南京：译林出版社，2008：26-27.
② 以赛亚·柏林. 浪漫主义的根源. 亨利·哈代，编. 吕梁，等，译. 南京：译林出版社，2008：28-29.
③ 刘小枫. 现代性中的审美精神——经典美学文选. 上海：学林出版社，1997：1-2.
④ 刘小枫. 现代性社会理论绪论——现代性与现代中国. 上海：三联书店，1998：300.

取消彼岸对此岸的生存规定。"①那么，主体生存的**意义**由什么来提供呢？换句话说，当彼岸的规定取消以后，用什么来**辩护主体的生存**呢？从哪里去找**充足的理由**呢？按照西美尔的说法，"现代的本质根本上就是心理主义"②，"完足性"不再由彼岸的全能者提供，而是由主体的内心来提供，靠着把外在的实体消融于内心的形式，把纷繁的外在世界纳入自成一体的内在世界，"人的心性乃至生活样式在感性自在(fuer-sich-Sein)中找到足够的生存理由和自我满足。"③

与此相应，审美现代性表现为如下三个基本诉求。"一、为感性正名，重设感性的生存论和价值论地位，夺取超感性过去所占据的**本体论位置**；二、艺术代替传统的宗教形式，以至于成为一种新的宗教和伦理，赋予艺术以解救的**宗教功能**；三、游戏式的**人生心态**，即对世界的所谓审美态度(用贝尔的说法，'及时行乐'意识)。"④同时向两个大的传统——形而上学与基督教宣战，颇有野心。把视线放在个体的人生上，亘古未有。

不过，审美性虽然在现代得到充分的表达，它却不专属于现代。"按狄尔泰的观点，希腊精神作为规定欧洲思想的确定形态的主要理念资源之一，以审美—知识学的行为为特质。审美方式与知识学方式构成互补的思想结构要素：知识学欲求确定的东西(理念、实体)，审美欲求不确定的东西(感性、流逝体)。"⑤可见，审美的精神诉求早已蕴含在西方文化的泉源处，并非现代性的特创，只不过在这个特殊的历史阶段，它被用作反抗两大传统的武器，**从久远的所在被邀请出来**。这种审美特质主要体现在赫拉克利特的思想中，他两千多年后的知音尼采曾对他的思想做过这样的诠释，"生成和消逝，建设和毁灭，对之不可作任何道德评定，它们永远同样无罪，在这世界上仅仅属于艺术家和孩子的游戏。如同孩子和艺术家在游戏一样，永恒的活火在游戏着、建设着和破坏着，毫无罪恶感——

---

① 刘小枫. 现代性社会理论绪论——现代性与现代中国. 上海：三联书店，1998；301.
② G. Simmel. 哲学文化. Potsdam，1923：184. 转引自：刘小枫. 现代性社会理论绪论——现代性与现代中国. 上海：三联书店，1998；302.
③ 刘小枫. 现代性社会理论绪论——现代性与现代中国. 上海：三联书店，1998；302.
④ 刘小枫. 现代性社会理论绪论——现代性与现代中国. 上海：三联书店，1998；307.
⑤ W. Dilthey. 文艺复兴和宗教改革以来的世界观和人之剖析. Goettingen，1970：4. 转引自：刘小枫. 现代性社会理论绪论——现代性与现代中国. 上海：三联书店，1998；320.

万古岁月以这游戏自娱。"①尼采还曾直白地表达了自己对赫拉克利特的青睐，"在这个人的近旁，我感到比别的地方更加温暖和舒适。"②福柯对古希腊思想中的审美特质也有同感。他把古希腊—罗马的伦理概括为"审美生存"，即个体的生存审美化，而这种伦理的自主性却**被早期基督教切断**了，所以，他也开始做考古及**还乡**之旅，要恢复这种伦理的"永恒意义"。③ 只不过，他们不只要恢复人们对这一领域的视线，而且试图使这一领域占据人们的全部视野，所以，现代性审美主义的出场，是带着对已有的意义传统强烈的批判与质疑的。难怪在西方的现代性氛围中，审美性占据着如此醒目的地位，而且几乎所有哲人与诗人的审美诉求，都包含着向遥远的古希腊"还乡"的憧憬。

只是，或许基督宗教与审美主义之间并不是截然对立的关系。这一点，有许多思想家与专为审美辩护的尼采及福柯，及专为宗教辩护的克尔凯郭尔持有不同的立场。正是这一中间地带孕育了浪漫派。启蒙主义高举理性的大旗，欲以此征服人类精神的全部领域，却带来人心与社会的双重危机。浪漫派以情感为救世的良药，拉来基督宗教与审美主义为同盟军。在他们看来，宗教在本质上属于情感领域，与审美主义毗连，二者联姻所成的基督宗教审美样式，是继教父时期基督宗教与柏拉图主义及新柏拉图主义的联姻，中世纪后期基督宗教与亚里士多德主义的联姻之后，希腊文明和希伯来文明的又一次联姻，只是这一次，把它们联结在一起的不是"道"，而是情感。前两次皆是基督宗教、知识学两个处于彼岸的意义体系联手压制此岸的感性诉求，这一次，彼岸的基督宗教与此岸的审美主义却通过情感而桥接，形成一种全新的意义图景，"彼岸与此岸、有限与无限的差异不是被强调，而是通过主体情感**弥合**了。"④所以，施莱格尔、诺瓦里斯和浪漫派神学的集大成者施莱尔马赫，都非常强调情感直观。

然而我们不可忽略，基督宗教与审美主义之间的关系在现代审美主义那里，

---

① F. Nietzsche. 理性边缘的哲学. 周国平，译. 香港：香港商务印书馆，1993：70. 转引自：刘小枫. 现代性社会理论绪论——现代性与现代中国. 上海：三联书店，1998：321.

② F. Nietzsche. 权力意志. 周国平，译. 香港：香港商务印书馆，1993：53. 转引自：刘小枫. 现代性社会理论绪论——现代性与现代中国. 上海：三联书店，1998：321.

③ M. Foucault. 性史. 张廷琛，等，译. 上海：上海科技文献版，1989：165-166. 转引自：刘小枫. 现代性社会理论绪论——现代性与现代中国. 上海：三联书店，1998：321.

④ 刘小枫. 现代性社会理论绪论——现代性与现代中国. 上海：三联书店，1998：322.

还有另外的一支，即上述提到的尼采与福柯，他们把基督宗教视作审美主义的敌人而非伙伴。为何同样是审美主义的立场，却对基督宗教产生截然相反的态度呢？分歧出在不同的宗教观上。"感性与超感性的二元对立，早在古希腊时期就已出现，尤其是神秘知识派（诺斯替主义）用知识剥夺感性和此岸之权利，以及柏拉图主义的理念论对感性的贬低，都对早期基督教的形成有重大影响。"[①]受敬虔派的影响，施莱尔马赫提出了宗教的新定义，它的根源不再是知识，也不再是道德，而是情感，确切地说，是一种"绝对依赖感"（absolute dependence），即"同'总体'（totality）结合的情感，以及随着这种感情而来的浑然一体的感觉。"奥托（R. Otto）也坚持神圣者不仅是思考的对象，更是体验的对象。**相比传统的教义，他们更为强调信仰者与信仰对象的合一感**。这样的宗教观使基督信仰与审美主义相互勾连，成就了在文学艺术上有着丰富表达的浪漫派。

对这个新的宗教观持批判态度的也不乏其人。布鲁纳（R. Brunner）就认为，施莱尔马赫把基督信仰审美主义化，也即主体化、心理化了，从而有可能损失掉它的客观实在性，由上而下的启示有可能沦为由内而外的感受，从而失去了信仰之为信仰的超越性品质。敏感的护教家卡尔·巴特于是重申了克尔凯郭尔的鲜明立场，强调上帝与此世的无限差异。这表明，对基督宗教持有的不同理解依然对立而存在，当然，与它结盟或树敌的审美思潮也就依然对立而存在了。

在与基督宗教树敌的审美思潮队伍中，尼采毫无疑问是一位精兵。他彻底地拒绝彼岸，所以既不认同强调彼岸与此岸的差异性的保守教义，也不认同强调彼岸与此岸可以在主体的情感中彼此联结的新宗教观或浪漫派神学，他所要捍卫的是此岸的绝对合理性，足以成为生命意义全部的支撑。与他结成同盟，一起捍卫自然生命自本自根的价值的，还有福柯、德里达、葛兰西、马克思及马尔库塞等，他们使用的策略不同，但进攻的目标皆指向"上帝""灵魂""美德""真理""永恒的生命"等彼岸的价值观。

无论是以抗拒彼岸的方式提出的审美主义（如尼采），还是站在启蒙的立场且力图平衡启蒙理性之偏狭提出的审美主义（如鲍姆嘉通、康德、席勒），都是以与永恒割裂的**"感性"**为制重。当它们的力量汇聚而为社会思潮的主流时，"永

[①] 刘小枫．现代性社会理论绪论——现代性与现代中国．上海：三联书店，1998：303-304．

恒"与"暂时"之间的紧张对立已经消失,"永恒"淡出人们的视野,"暂时"成为人们唯一的宠儿,它不仅以千变万化提供给人们新奇的感官享受,而且被视为具有永恒的特质。正如波德莱尔在《现代生活的画家》一文中所表达的,"相对的、暂时的才是真实的。"①感觉能"从过渡中抽出永恒。"②一方面,**诗与艺术**成为尘世的慰藉,展示出其唯美而脆弱的一面;另一方面,**身体与情欲**获得其合理的根据,社会走向轻佻与媚俗。从这里我们可以看出,基督宗教之为论敌的存在,恰恰能保证这种批判性的审美主义保持原汁原味,不至于失去争战中的良苦用心。这种"在二元论的框架中孕生,然后挣脱出来的(审美一元论),在它身上总有一个二元景观的影子。"③且它离不开这个影子。只可惜忘记论敌是它的逻辑带来的必然趋势,人们在此世完全迷失而毫无安慰可言也就成了必然结局。

当失去了文艺复兴初期的人文主义者具有的神性的维度后,自然与理性就渐渐失去了平衡,要么是理性占据霸王的位置,对自然加以控制和利用,要么是自然占据主导的地位,对理性加以戏谑和排斥。而在阿奎那那里,(人的)自然与理性原本是一回事。也许我们可以这样来理解,以神性为前提的理性是自然,由于有神性为依托,它能够涵纳情感;而与神性分离之后的理性变成了一个干巴巴的东西,无法涵纳活泼的情感,它不再完整,无法被冠以"(人的)自然"的称号,于是情感站到了它的对立面,勉为其难地承担着"(人的)自然"的使命。而这个时候,"(人的)自然"——情感,与"人以外的"自然(下称大自然,如上下文不至于产生误会,也沿用"自然")产生了共鸣,人开始对大自然寄予情感,情感日增而生依恋。

到这里为止,我们可以做出这样的一个总结:浪漫主义源于企图弥合有限与无限、此岸与彼岸的鸿沟,作为神圣走向世俗的历史潮流中,依然保持永恒维度的可能性。虽然都强调感性,从而都是"审美性",也都是"现代性",但因为它

---

① C. 波德莱尔. 现代生活的画家. 郭宏安,译.//C. 波德莱尔. 波德莱尔美学论文选. 郭宏安,译. 北京:人民文学出版社,1987:474-475. 转引自:刘小枫. 现代性社会理论绪论——现代性与现代中国. 上海:三联书店,1998:334.

② C. 波德莱尔. 现代生活的画家. 郭宏安,译.//C. 波德莱尔. 波德莱尔美学论文选. 北京:人民文学出版社,1987:484-485. 转引自:刘小枫. 现代性社会理论绪论——现代性与现代中国. 上海:三联书店,1998:334.

③ 刘小枫. 现代性社会理论绪论——现代性与现代中国. 上海:三联书店,1998:329.

一边站在此岸，一边还紧紧抓住彼岸的永恒，所以异于另外两种审美主义，即完全抛弃彼岸的尼采式的审美主义和以理性为核心建立起来的德国古典哲学式的审美主义，这是它的特别之处，也是它留给已被现代化浪潮席卷的我们的一笔宝贵遗产。

4.2 卢梭开启的"自然"之梦

卢梭对自然寄予了十分深厚的期望，对城市生活则大加鞭挞。在论文《论科学与艺术》中，卢梭从堕落德性、纵容奢侈、空洞不实、玷污信仰四个方面分析了科学与艺术对社会与人的危害。

他认为在"艺术还没有塑成我们的风格，没有教会我们的感情使用一种造作的语言之前，我们的风尚是粗朴，然而却是自然的；从举止的不同一眼就可看出性格的不同。"而艺术却使"我们的风尚流行着一种邪恶而虚伪的一致性"，我们"不能遵循自己的天性""不敢表现真实的自己"，人们"处于同样的环境""做着同样的事情"，人的本性变得难以揣测。人与人之间仿佛隔着一层薄纱，举止的优雅愈加让人觉得没有安全感。"怀疑、猜忌、恐惧、冷酷、戒备、仇恨与背叛永远会隐藏在礼义那种虚伪一致的面幕下边。"于是淳朴真诚的德性被统一的风尚败坏了，而艺术催生和助长了这种风尚，所谓的艺术家在败坏的风尚里迎合公众的低级趣味，早已失去本心。[①]

他从欧洲各国的历史分析了奢侈对于国家的危害，并认为艺术科学与奢侈是相伴而生的，因为他们三者都是由虚荣和闲暇产生。奢侈可以增殖财富，然而却纵欲耗能，败坏人清明的道德追求，并使得国家失去力量。"当生活日益舒适、工艺日臻完美、奢侈之风开始流行的时候，真正的勇敢就会削弱，尚武的德行就会消失。"[②]这个时候，财富并不能让政治稳固，国家很容易就被那些"除了勇武和贫穷而外，并没有任何别的财宝"[③]的民族覆灭。比如希腊就是因为艺术的进步使它被奢侈耗竭，最终被素朴尚武的斯巴达打败。同时，奢侈会使人们甘于被

---

① 卢梭. 论科学与艺术. 陈修斋, 译. 北京：商务印书馆, 1963: 9-10.
② 卢梭. 论科学与艺术. 陈修斋, 译. 北京：商务印书馆, 1963: 27.
③ 卢梭. 论科学与艺术. 陈修斋, 译. 北京：商务印书馆, 1963: 24.

奴役的状态。"政治与法律为人民集体提供了安全与福祉；而科学、文学与艺术，由于它们不那么专制因而也许更有力量，就把花冠点缀在束缚着人们的枷锁之上，它们窒息人们那种天生的自由情操"。①

他认为艺术和科学都是华而不实的东西，首先科学所寻求的真理是很难以辨别的，即使找到了真理，也是很难正确应用的；它们"既产生于闲逸，反过来又滋长闲逸"，并无益于人们的生活以及政治的巩固，对社会必然造成"无可弥补的时间损失"②；而人们不惜巨大代价设立的无数教育机构不仅不能教给青年责任感、高尚、正直、节制、人道、勇敢和爱国热情，反而让他们学会诡辩空谈，厌恶实干，并且由于"才智的不同和德行的败坏在人间引起了致命的不平等"③，这不平等是基于巧言令色而非真实有用，于是良好的德行被蔑视，机巧才智反被尊敬，这"毫无意义的教育"堕落了人们的普遍德性。

此外，这些空谈家们还"摇撼着信仰的基础……他们鄙夷地嘲笑着祖国、宗教这些古来的字眼，并且把他们的才智和哲学都用于毁灭和玷污人间一切神圣的事物。"④卢梭怀念人们清白有德、愿意祇与他们同住一间茅屋以明鉴他们的行为的日子，认为当人民变得为非作恶之后就把神请出家门，安放在豪华的神殿里；再到后来，神祇被赶出了神殿，安置在公民厅堂的门楣上、柱头上，这时罪恶已到了极致。在他看来，正是科学家和哲学家的自负和堕落亵渎了信仰，败坏了世风。

那么，面对已经被科学艺术所害的现实，应该如何挽救呢？卢梭认为那些为了防范精神颓落而设立的学术机构是杯水车薪，甚至可以认为它们的设立要依赖着社会败坏的风尚；而现行的教育使得那些"不配接近科学的芸芸众生"依靠初级读物和平庸的老师接近了科学，却又无法深造，反倒耽误了他们得以成为实干者的训练；对于天才，平庸的教师只会是束缚，他们是不需要这样的教育的，所以为培养科学家而付出的巨大人力财力只是培养了一批虚华骄傲的人。他提出，要让第一流的学者到朝廷任职，让他们被高贵情操所激发的责任感有用武之地，让他们的智慧和权力相结合，教化人们的德行，增进他们的幸福；同时，对于普

---

① 卢梭. 论科学与艺术. 陈修斋，译. 北京：商务印书馆，1963：7-8.
② 卢梭. 论科学与艺术. 陈修斋，译. 北京：商务印书馆，1963：21-22.
③ 卢梭. 论科学与艺术. 陈修斋，译. 北京：商务印书馆，1963：31.
④ 卢梭. 论科学与艺术. 陈修斋，译. 北京：商务印书馆，1963：23.

通人，则应安于默默无闻，去实践良好的德行，过素朴实在的生活。他呼唤道："德行啊！你就是纯朴的灵魂的崇高科学，难道非要花那么多的苦心与功夫才能认识你吗？你的原则不就铭刻在每个人的心里吗？要认识你的法则，不是只消返求诸己，并在感情宁静的时候谛听自己良知的声音就够了吗？"①

卢梭选择科学和艺术这两样人类最引以为豪的衡量时代进步的标准加以批判，其用意就在让人们反思何为进步和发展。人类从远古走到了工业文明，时间的展开就意味着全面的进步吗？他的回答是否定的。人类的物质生活是丰富了，然而堕落了纯朴的德行，失去了勇气和热情，陷入了信仰危机，可谓得不偿失，虽进犹退。现在全球日益严重的环境问题就是人类放纵物质欲望造成的结果。"人类工业文明以来的生活方式主要立足于这样的基础上：一是以物质财富的增长为衡量社会进步之标准的物质主义，由此导致在有限的资源中追求无限增长的悖论；一是以感官享乐为人生意义的消费主义。"②物质主义彰显着人类的主体性，人类以地球的管理者自居，肆无忌惮地挥霍着自然资源；消费主义则表征着人类精神的失落，人们被欲望驱使，而忘记人之为人的那颗"诚明"之心，而很多所谓的"思想者"其实早已没有了灵魂。这是人类的灾难，也是地球的灾难。

人类的产生，已预示着自然的退隐，因为人类只能以社会的方式生存，我们不可能回到原始时代，况且也不必要。我们要做的，是让人类文明更有价值，让人们的生存更有意义。辜鸿铭说过这样一段话："在我看来，要估价一种文明，我们最终必须问的问题，不在于它是否修建巨大的城市、宏伟壮丽的建筑和宽广平坦的马路，也不在于它是否建造了和能够造出漂亮舒适的农具，精致实用的工具、器具和仪器，甚至不在于学院的建立、艺术的创造和科学的发明。要估价一种文明，我们必须问的问题是，它能够产生什么样的男人和女人。事实上，一种文明所产生的男人和女人——人的类型，正好显示出该文明的本质和个性，也即显示出该文明的灵魂。"③所以，反思社会进步和文化优劣，就应该反思人类自身的生存。而对于什么样的人生才是值得过的，不同的文化、不同的思想家有看法

---

① 卢梭. 论科学与艺术. 陈修斋, 译. 北京：商务印书馆, 1963：37.
② 参见：王力雄. 自由人心路. 北京：中国电影出版社, 1999. 转引自：何怀宏主编. 生态伦理——精神资源与哲学基础. 保定：河北大学出版社, 2002：20-21.
③ 辜鸿铭. 中国人的精神. 黄兴涛, 宋小庆, 译. 桂林：广西师范大学出版社, 2002：3.

不一，但有一点是能够达成共识的，那就是人应该凭着良心，而不是随着欲望过活。"人只要按着心的位置走，不论千里万里总是居中不移。"①可惜，现在人们已偏离自己的心灵太远，对己不诚，对人不仁，对物不节制，从卢梭的时代直到今天，这个趋势并没有得到扭转。

卢梭躲到圣日耳曼森林去思考原始野蛮生活的精神，可是那种怀乡的情绪却难为已走到今天的人们做点什么；同时，他持有的让天才拥有权力和让普通人安于默默的解决方式也只能是一种没有切实寄托之道的希望——对持有权力者和资质平常者自我提升德行的希望。他似乎只是给了人们一个提醒，至于这个提醒能否被心灵已染尘垢的人们听到，他没有多加考虑。一种理想只能成为一声叹息，原因就在于他否定了一切科学与艺术，否定了一切科学家、哲学家和艺术家。

天才的成长和普通人对人生的态度不是凭空产生的，它们需要依赖一定的文化氛围，而文化氛围的形成，离不开人类精神的传承。何以传承？用韩愈的话说，就是"文以载道"。我们憎恶僵死的知识和平庸的精神工作者，然而却应该感谢那些承载着前人伟大精神和智慧的著作，感谢那些虽然不是天才却忠诚耐心的教育者。正是因为有了那些书或作品以及引领我们走上心路的老师，我们的生活空间才得以扩展，我们的生命才拥有了历史的深度，我们的追问才不会没有回音，我们的信仰之旅才不再孤独。知识、思想和艺术的确是次要的，值得我们珍视的是支撑着它们的高贵博大的心灵，但是，却只有通过它们，我们才能被那高贵的精神激励鼓舞。也就是说，还是要通过好的教育，才能让"深绿"走进人们的生活，才是人类的福气、自然的福气。

卢梭倒也不是否认教育，而是否认当时盛行的教育方式。在《爱弥尔》中，他为了表示自己截然相对的立场，干脆构想了一个根本不存在的学生爱弥尔，要对他施行最有益于人天性的教育。本书开篇第一句话就有金声玉振之效，"出自造物主之手的东西，都是好的，而一到了人手里，就全变坏了。"②当然，这与他的理念是一脉相承的。接下来，他毫不留情地抨击了所谓人类的"教育"——在他看来，几乎可以与"摧残"画等号。他说："他扰乱一切，毁伤一切东西的本来

---

① 歌剧《风帝国》主题歌《我就是这样一个女人》歌词，来自 www.fengdiguo.com。
② 卢梭．爱弥尔——论教育．李平沤，译．北京：商务印书馆，1978：5。

面目;……必须把人像花园中的树木那样,照他喜爱的样子弄得歪歪扭扭。"①更悲剧的结果是,"他的天性像一株偶然生长在大路上的树苗,让行人碰来碰去,东弯西扭,不久就弄死了。"②写到这里,很自然就想到了《庄子·应帝王篇》里那个非常传神的"浑沌"的故事。浑沌是中央之帝,一日,南海之帝倏和北海之帝忽相遇于浑沌之地,浑沌对他们非常友善。倏与忽就商量着如何报答它,他们琢磨着:"别人都有七窍用以视听食息,唯独浑沌没有,干脆我们给它凿出来吧。"于是,他们每天给浑沌凿开一窍,却没想到待到七窍凿出之日,浑沌不仅无法感谢他们的"善举",反倒死了。因为这两位好心的朋友完全违逆了"浑沌"的天性,他们不知,开出七窍的浑沌就不再是浑沌了,名为帮助,实则无异于扼杀。

4.3 浪漫主义艺术与古典主义艺术的自然观之争——以园林艺术为主线

显然卢梭的追求为当时的许多人所认同,最明显的表现是在园林艺术中,体现而为浪漫主义艺术与古典主义艺术的自然观之争。

比古典主义先盛行的文化形式叫巴洛克风格,它的特点是:夸张、新奇,悲观色彩很浓。"古典主义者跟巴洛克作家相反,他们认为世上的一切都是和谐、明朗而匀称的,一切都统一于严格的理性法则。"③这两种风格分别从16世纪末意大利手法主义的两个支派发展而来。巴洛克文化继承了文艺复兴文化中的享乐主义,反映着骄奢淫逸的贵族生活趣味,在封建势力与天主教会强强联合的国家占优势。这种压抑的氛围也使得这种文化有反理性的神秘主义和对生活失望的悲观主义。古典主义文化则继承了文艺复兴文化中的理性主义。两者在17世纪上半叶的法国是势均力敌的。因为一方面巴洛克文化在法国没有发展到像西班牙和意大利那样狂诞,另一方面亨利四世在1598年颁布"南特敕令",宽容新教在天主教在法国的存在,使新旧宗教力量有了均等的机会。而新教的精神与近代自然科学的发展本系一脉,理性思维因而也得到更多发展的空间。之后,由于路易十

---

① 卢梭. 爱弥尔——论教育. 李平沤,译. 北京:商务印书馆,1978:5.
② 卢梭. 爱弥尔——论教育. 李平沤,译. 北京:商务印书馆,1978:5.
③ 陈志华. 外国造园艺术. 郑州:河南科学技术出版社,2001:141.

四对古典主义风格的青睐，古典主义渐渐压倒了与它平分秋色的巴洛克风格，成为法国文化在新的历史时期唯一的标志。

然而古典主义鼎盛的局面随着路易十四的时代接近尾声而走向衰落。1685年，路易十四废除了"南特赦令"，致使40万新教徒逃亡国外。他在晚年发动的多起对外战争皆以失败告终，他终于疲倦了。曼德依夫人记载说"他读圣经，他承认衰弱，承认过去的错误。"① 与此同时，法国人的自然观也渐渐改变，人们对古典主义园林的评价也有了分别。

法国著名的艺术理论家丹纳（H. A. Taine，1828-1893），在《比利牛斯山游记》里借一位波尔先生的话说："您到凡尔赛去，您会对17世纪的趣味感到愤慨。……但是暂时不要从您自己的需要和您自己的习惯来判断吧……对于17世纪的人们，再没有什么比真正的山更不美的了。它在他们心里唤起了许多不愉快的印象。刚刚经历了内战和半野蛮状态的时代的人们，只要一看见这种风景，就想起挨饿，想起在雨中或雪地上骑着马作长途的跋涉，想起在满是臭虫的肮脏的客店里给他们吃的那些掺着一半糠皮的非常不好的黑面包。他们对于野蛮感到厌烦了，正如我们对于文明感到厌烦一样。"②

具体来说，路易十四死后，18世纪上半叶，法国的造园艺术开始朝以下方向调转："流行洛可可风格，提倡情感和性灵，对抗古典主义理性；提倡柔媚和轻松，对抗古典主义的肃穆和庄重；提倡顺应自然，对抗古典主义人为做作、强加意志于自然。"③

此时，在法国的思想界掀起了一场有名的"古今之争"。崇今派的代表人物有圣埃佛赫蒙（Saint Evremond，1616-1703）、夏勒·彼诺和封德奈（Fontenelle）。崇古派的代表人物有拉辛、拉封丹和拉布吕埃。圣埃佛赫蒙认为，不应当以古人的诗歌为准绳，而应当创造适应当时时代趣味的新的艺术。他这样评价被古典主义者奉为最高法则的亚里士多德的《诗学》："这固然是一部好书，但它并没有完善到可以指导一切民族和一切时代。"④ 夏勒·彼诺在《路易大帝的时代》（1687）这篇向古典主义发起论战的文章中表达的观点大致是：今人无论在物质还是精神

---

① 陈志华. 外国造园艺术. 郑州：河南科学技术出版社，2001：176.
② 陈志华. 外国造园艺术. 郑州：河南科学技术出版社，2001：117.
③ 陈志华. 外国造园艺术. 郑州：河南科学技术出版社，2001：120.
④ 陈志华. 外国造园艺术. 郑州：河南科学技术出版社，2001：177.

上都不亚于古人；不仅科学在进步，人类的精神也在进步，今人的文学艺术也应当超过古人；今人在文学艺术上确实有超过古人之处。笛卡儿也曾经说过这样一段话："我们没有任何理由为了古人的古老而尊敬他们。我们才是真正的古人，因为现在的世界比他们那时的世界要更老一些，而且我们已经有了更多的经验。"①

这场争论给文学带来了些变化：题材更为广泛，多了对现实的反应；更富于想象力；也更注重情感了。这可谓是浪漫主义的先声。

在绘画上，争论主要集中在推崇色彩还是素描。古典主义者推崇素描，认为它是理性的，是靠头脑思考的，而色彩是感性的，是靠眼睛感觉的；素描是对真实的模仿，而色彩表现的却是偶然的、非本质的东西。而色彩起初主要跟巴洛克艺术联系在一起，在古典主义的势力压过巴洛克文化的时候，它的价值也被忽视了。直到1667年，杜弗莱斯努阿的诗《论品尚蒂的艺术》(*De Arte Pingendi*)出版，重申了威尼斯画派的色彩理论，罗善(Roger de Piles)为此诗作注，借机深入阐述了色彩的价值。1671年，加布里埃(Gabriel)撰文向素描派宣战。此后，罗善出版了《关于色彩的对话》(*Dialogue sur le Coloris*，1673)和《论绘画的保护》(*Conversation sur la Peinture*，1677)，他反对普桑稳定、简明的理性构图，推崇鲁本斯的独创性及生动、有力的构图，认为普桑是以理性改造自然，而鲁本斯则保存了"自然"的价值。在色彩派看来，素描表现的不过是理性的真实，而色彩反倒表现真实的本身。到17世纪末，色彩派取得了一些胜利。古典主义者也开始向威尼斯派学习了。除此而外，绘画的题材也发生了一些变化。在高尔拜的时代，绘画的主题是君王的伟大、胜利和成就，17世纪80年代以后，题材转向宫廷的日常生活，如婚嫁、接见外国使臣等，宗教画也开始流行，风景画已经成了独立的画种，画得很自然，肖像画也更生动、更鲜亮。洛可可的风格正在酝酿。

在建筑中，巴洛克的风格又重新开始流行，并且向洛可可转变。特点是强调曲线及跳出固定的比例规则。

文化向自然和自由、生活和感情、色彩和想象转变，这就是发生在这个时代的法国的故事。它也深深影响了英国的趣味，产生了"自然风致园"这样新鲜的东西。

---

① 陈志华. 外国造园艺术. 郑州：河南科学技术出版社，2001：180.

英国的自然风致园分为几个阶段。第一个阶段是18世纪20年代至80年代，风格是庄园园林化，这种庄园园林的规模一般都很大。此时最重要的造园家是坎特（William Kent，1685-1748），理论家是蒲柏（Alexander Pope，1688-1744）。蒲柏曾说，"到哪儿都得向当地的魂灵求教"①，即因地制宜，这是贯穿英国自然风致园的原则。坎特不是用花园美化自然，也不是用自然美化花园，而是以画家的眼光去美化自然本身，因此这一时期对英国国土的人性化大有贡献。由于常以克洛德·洛兰的画为蓝本，以坎特为代表的造园艺术家们甚至在庄园里造古代残迹，立枯树断墙，以创造清愁与敏感的气氛。

沈斯东（William Shenstone，1714-1763）也是当时小有名气的造园艺术家及理论家，他把自己的李骚斯庄园美化为一个园林，成了18世纪造园艺术的中心。他在其著作《造园艺术断想》中，把自然风致园分为三种：崇高的、美丽的和忧愁的。他偏爱崇高的，其景观特色如博克在《论崇高和美的观念的起源》一文中所描述的，粗犷、幽暗、巨大、洪荒未辟。所以，他在园林里强调苍老的大树和峭壁深谷这些能激发想象的元素。

在庄园园林化的大师勃朗（Lancelot Brown，1715-1783）之后，自然风致园的第二阶段也酝酿成熟，即"图画式园林时期"，它继承了勃朗之前坎特的主张，不求简洁，而求变化、野趣，对想象力的激发。主要代表人物有钱伯斯（William Chambers，1723-1796），他所置身的流派是"先浪漫主义"。

浪漫主义首先在法国得到强烈而成熟的表达。代表人物有卢梭（Jean-Jacques Rousseau，1712-1778）、狄德罗（Denis Diderot，1713-1784）等。卢梭认为古典主义式的花园人工的痕迹太重，并不是真正的自然——荒野的自然。在小说《新爱洛绮丝》（1761）中，他假想了一个自然风致式的花园——爱丽舍（l'Elysée）园，这是一个肥沃的荒岛，没有人居住、照料，也没有人干扰，"免于人的污染"②，整个故事就在那里展开。他的理想很快成为整个欧洲的向往。18世纪70年代，英国诗人麦森在侬罕园就仿造了爱丽舍园。

狄德罗也赞美未经人改变过的自然。他在1765年出版的《画论》中宣告："凡是自然造出来的东西没有不正确的。"又说，"人需要的是什么呢？生野的自

---

① 陈志华. 外国造园艺术. 郑州：河南科学技术出版社，2001：203.
② 陈志华. 外国造园艺术. 郑州：河南科学技术出版社，2001：215.

然还是经过调弄的自然?动荡的自然还是平静的自然?宁愿要哪一种美?纯净肃穆的白昼的美,还是狂风暴雨、雷电交加、阴森可怖的黑夜里的美呢?……诗需要的是一种巨大的、粗犷的、野蛮的气魄。"①他特别强调"力",欣赏不仅能愉悦双目,且能震撼身心的力。所以他理想中的自然并未经人手的改良,而是以其强大的力量与人形成互动。因此,他推崇的艺术较为强调情感。在《天才论》中,他说:"力、精气饱满,我无以名之的粗糙、紊乱、崇高、激动,正是天才在艺术里的特征;它的感动不是软弱无力,它给予的喜悦令人震惊,它的过失也令人震惊。"②

18世纪中叶,在英国文化中开始了先浪漫主义,从艾迪生(Joseph Addison, 1672-1719)以来长期酝酿的一种文学思潮成形了,代表人物有渥尔波尔等。先浪漫主义又叫感伤主义,他们的感伤多和自然联系在一起,常常围绕着自然抒发对生、死、黑夜和孤独的哀思。

18世纪初,艾迪生在《旁观者》里写道:虽然艺术作品"有时也会显得同样美丽或奇妙,却短少那种浩瀚和无限来为观赏者的心灵提供巨大享受。艺术作品可以像大自然的作品一样雅致纤巧,却永远不会显示大自然在构图上的宏伟壮丽。比起艺术的精雕细琢来,大自然的粗犷而任意的笔触就更加胆大高明。……在大自然的广阔领域里,视觉可以毫无拘束地来回徘徊,饱餐无限丰富多样的形象而不为数量所制约。……因此,对伟大自然的任何程度的模仿所给予我们的快感,要比精巧艺术所能给予的更崇高、更昂扬。"③

1711年,诗人蒲柏在给伯灵顿伯爵的诗笺里,大大挖苦了古典主义园林一番。认为它毫无真趣、单调死板。此后,对古典主义园林的批评越来越多,指责它"愚蠢""费工""戕害天性"等,而自然风致园则被认为是一种更高尚的、合乎道德的园林。希雷(Joseph Heeley)1777年在一封讨论海格雷花园(Hagley Garden)等几个英国园林之美的信里说,自然风致园能净化人的心灵,最自然的景观足以"使一个恶棍改邪归正"。④ 自然与自由的伦理追求就这样被联系到了一起。因

---

① 陈志华. 外国造园艺术. 郑州:河南科学技术出版社,2001:216.
② 陈志华. 外国造园艺术. 郑州:河南科学技术出版社,2001:216.
③ 伍蠡甫. 西方文论选. 上海:上海译文出版社,1979. 转引自:陈志华. 外国造园艺术. 郑州:河南科学技术出版社,2001:20.
④ 陈志华. 外国造园艺术. 郑州:河南科学技术出版社,2001:21.

此,渥尔波尔伯爵(H. Walpole,1717-1797)等有浪漫主义情怀的人无法容忍按直线等距离地种树和把树木修剪成绿色雕刻。他在其著作《论现代园林》中这样评价当时的造园艺术家坎特:"他让树木自由地生成自己的形态,它们无拘无束地伸展自己的细枝嫩梢。"①说的是树,想的是人。

先浪漫主义在造园艺术中的表现是强调感情的灌注和想象力的激发。钱伯斯认为,勃朗的园林太自然,和牧场相差无几,必须要像中国人那样,以"艺术补自然之不足"②。需要注意,虽然他不喜欢太过原始的自然,却也不欣赏古典主义的规则,令他心仪的乃是中国式园林的匠心,他很欣赏那里山洞和树荫营造出的幽暗氛围。当时的欧洲正掀起对"崇高"风格的追求,无论是文学、绘画、建筑还是造园,而"幽暗"正是崇高风格的一种表现。博克曾说,"任何建筑物,如果打算引起崇高的观念,就必须幽暗。"③与坎特那个时代不一样的是,由于先浪漫主义所缅怀的主要是中世纪的田园风光,所以18世纪下半叶,园林中常采用哥特式建筑;而坎特他们钟情的克洛德·洛兰,主要是在罗马郊区写生,因为他描绘的建筑更为古老,仿制他的画作的园林采用的建筑也就相应地更古老些。

此后,园艺界出现两个发展路向,一是莱泼敦(Humphrey Repton,1752-1818),他认为造园不应当模仿绘画,应以实用、方便、舒适为追求;一是乃特(Richard Payne Knight,1750-1824)和普赖斯(Uvedale Price,1747-1829),他们主张造园要向绘画学习,要有画意。他们强调园林荒野、忧郁的情调。不过,他们也顾及园林与绘画的不同,乃特认为让新奇的东西次第出现是园林的特点,而古典主义造园家却追求园林像绘画那样"同时呈现",无疑偏离了园林真正的美。

之后,造园日益程式化,人们的注意力渐渐放到花卉树木的培植上。卢顿自封这种园林叫"自然风致园的造园派"(gardenesque school of landscape)。

总之,从美化自然到崇尚自然,英国的自然风致园这种特殊的园林风格,是那个时代的思潮在造园艺术中的表现——对"崇高"风格的喜爱,对原始"自然"的崇尚,对情感与想象力的重视,它们共同汇聚成一种大的传统,即18世纪末、19世纪初对整个欧洲社会与思想的全貌产生深远影响的"浪漫主义"。

---

① 陈志华. 外国造园艺术. 郑州:河南科学技术出版社,2001:21.
② 陈志华. 外国造园艺术. 郑州:河南科学技术出版社,2001:217.
③ 陈志华. 外国造园艺术. 郑州:河南科学技术出版社,2001:218.

4.4 自然是真情的土壤——华兹华斯的浪漫理念

我们将从两个方面来呈现华兹华斯的浪漫理念,一是他的文论《抒情歌谣集(第二版)序》,二是他的作品。

4.4.1 华兹华斯《抒情歌谣集(第二版)序》中的自然观

首先让我们来看看华兹华斯的文论《抒情歌谣集(第二版)序》,这篇序言非常宝贵,它是华兹华斯对其所追求的浪漫主义文学的内涵的自我表述,不仅如此,它还被誉为英国浪漫主义诗歌理论的基石。他的自然观穿插其中,是其浪漫主义诉求不可或缺的内容。为了完整地呈现他论述的逻辑,我们做了一个完全忠实于文本结构的梳理,从中我们将很容易地看到他的自然观的要点(同时也是他的浪漫主义文学理论的要点)——"一切好诗都是强烈情感的自然流露",以田园生活为题材是最明智的选择,因为在此基础上形成的语言最好,这是由于单纯的情感更容易得到确切而有力的表达,而田园生活使我们的共同情感皆存在于一种更单纯的状态下。

在这篇小文里,华兹华斯主要解决了两个问题,一是诗与散文的同与异;二是诗人的任务,即其使命与独特性。

第一个问题产生的背景是,当时的诗坛过于强调诗与散文的区别,且主要以某些约定俗成的"诗意辞藻"[①]或表达方式作为诗与散文的分野。在《抒情歌谣集》(第二版)附录部分,华兹华斯专门解释了这个现象的形成过程:起初作为表达鲜活的热情的词汇被此后的诗人直接采用,大多数时候皆是机械地滥用,这些词汇与韵律加在一起,被视为诗"特有的"表达方式,一种"不普通"的语言,而读者对诗人的权威及优越感的过于尊重,使这种被歪曲的语言得以接受,并且情况愈演愈烈。但华兹华斯认为,诗歌最重要的部分不是这些外在的东西,而是题材与情感。[②] 他说:"一切好诗的一个共同点,就是合情合理。"[③]又说:"一切好诗

[①] 刘若端. 十九世纪英国诗人论诗. 北京:人民文学出版社,1984:9.
[②] 在第二版《序言》中,主要强调题材与情感,在第二版《附录》中,还提到了"想象力"。在1815年版序言中,更系统地讨论了"想象力"的问题。
[③] 刘若端. 十九世纪英国诗人论诗. 北京:人民文学出版社,1984:9.

都是强烈情感的自然流露。"①题材与情感是不能分割的,它们靠着思想得以关联。在华兹华斯看来,"思想事实上是我们已往一切情感的代表"②,思想也"改变着和指导着我们的情感的不断流注"③,反思我们的种种思想之间的相互关系,就能日益发现真正重要的东西,从而使我们的情感与重要的题材关联起来。毫无疑问,好的诗与好的散文都应当以重要的题材为对象,它们是表达"意义"的同盟军,表达方式上也应以最好地实现这个目的为标准,刻意地加以区分其实是不必要的。他认为,"最好的诗中最有趣味的部分的语言也完全是那写得很好的散文的语言。"④那么,这个语言具体来说有什么特点呢?它的特点就是不刻意地表明自己的特点,或者说去掉了一切人为的、外加的特点,它是"人们真正使用的语言"⑤,是"由热情产生的语言。"⑥更具体地说,因为华兹华斯以田园生活为主要题材,在此基础上形成的语言也成为他心中语言的典范。他说:"我通常都选择微贱的田园生活作题材,因为在这种生活里,人们心中主要的热情找着了更好的土壤,能够达到成熟境地,少受一些拘束,并且说出一种更纯朴和有力的语言;因为在这种生活里,我们的各种基本情感共同存在于一种更单纯的状态之下,因此能让我们更确切地对它们加以思考,更有力地把它们表达出来……我又采用这些人所使用的语言,因为这些人时时刻刻是与最好的外界东西相通的,而最好的语言本来就是从这些最好的外界东西得来的。"⑦然而,他并非忽略了诗歌异于散文的"韵律"的特点,相反,对它给予了非同寻常的重视。他认为,韵律从两个方面使诗的表达更可爱。一是它的规律性能够与过于强烈的情感相互交织,使"热情稍微缓和而且有节制。"⑧;二是在诗的文字本身缺乏热情的时候,它能让读者从一般韵律所得到的愉快或忧郁的感觉里把热情赋予文字。他进一步分析了韵文产生愉快的原因——"人的头脑能从不同之中看出相同而感到愉

---

① 刘若端. 十九世纪英国诗人论诗. 北京:人民文学出版社,1984:9.
② 刘若端. 十九世纪英国诗人论诗. 北京:人民文学出版社,1984:9.
③ 刘若端. 十九世纪英国诗人论诗. 北京:人民文学出版社,1984:9.
④ 刘若端. 十九世纪英国诗人论诗. 北京:人民文学出版社,1984:10.
⑤ 刘若端. 十九世纪英国诗人论诗. 北京:人民文学出版社,1984:12.
⑥ 刘若端. 十九世纪英国诗人论诗. 北京:人民文学出版社,1984:13.
⑦ 刘若端. 十九世纪英国诗人论诗. 北京:人民文学出版社,1984:5.
⑧ 刘若端. 十九世纪英国诗人论诗. 北京:人民文学出版社,1984:20.

快。"①所以，对于描写得同样好的诗与散文，人们会更愿意反复地读诗。总之，他对诗与散文做这些同与异的分析，目的是把人们对诗歌的关注从语言本身转到思想和情感上来。

关于第二个问题，华兹华斯不同意当时流行的观点，即诗人是比普通人更高的创造性的"天才"。他说："实际生活中的人们是处于热情的实际紧压之下，而诗人则在自己心中只是创造了或自以为创造了这些热情的影子。"②换言之，他认为实际生活比诗人在心中创造的生活更真实，从而实际生活中的语言也比诗更生动、自然、富有热情。这样，实际生活中的语言就应当成为诗努力靠近的准绳。因为，诗应当致力于反映"真理"，诗人的使命与科学家的使命是一致的，旨在揭示普遍有效的原则。不同在于，科学家的研究对象是"自然的某些特殊部分"，而诗人关心的对象则是"普遍的自然"③。科学家常常是孤独的，他探索与表达真理的方式是普通人无法做到与领会的。但诗人却是与全人类一起合唱。因为诗人关注的知识不需要经过专门的训练才能获得，它其实是一种"同情"，即每个人在与周围的事物打交道的过程中产生出来的痛苦或愉快。诗人正是怀着这样的"同情"，"团结着布满地球和包括古今的人类社会的伟大王国。"④因而，"诗是一切知识的菁华，它是整个科学面部上的强烈的表情。"⑤它比科学达到了更广阔的普遍性。诗的真理"不是以外在的证据作依靠，而是凭借热情深入人心。"⑥诗人无需像传记家与历史学家那样非得具有律师、医生、航海家、天文学家或自然科学家的知识，他只需要令读者感到愉快就可以了，而读者也只需要具有"一个人的知识"就足以读懂他的诗，他们之间达到了最大程度的无障碍沟通，即"心"与"心"的沟通。所以，诗人的使命不是创造出一种高于自然的语言——从自命不凡的想象或幻想中诞生的语言，而是力图描写普通人的感觉和他们感兴趣的对象。虽然他能更敏锐地感受和更准确地表达，但是，他的热情、思想和感觉"都

---

① 刘若端．十九世纪英国诗人论诗．北京：人民文学出版社，1984：21.
② 刘若端．十九世纪英国诗人论诗．北京：人民文学出版社，1984：14.
③ 刘若端．十九世纪英国诗人论诗．北京：人民文学出版社，1984：18.
④ 刘若端．十九世纪英国诗人论诗．北京：人民文学出版社，1984：17.
⑤ 刘若端．十九世纪英国诗人论诗．北京：人民文学出版社，1984：17.
⑥ 刘若端．十九世纪英国诗人论诗．北京：人民文学出版社，1984：15.

是一般人的热情、思想和感觉。"①因为"诗人绝不是单单为诗人而写诗,他是为人们而写诗。"②也就是说,诗人的独特性不在于其感受与思想的另类,而在于他能够更深地经历普通人所经历的一切,换句话说,仅存在程度上的差别。这种差别主要表现在,"诗人没有外界直接的刺激也能比别人更敏捷地思考和感受,并且又比别人更有能力把他内心中那样地产生的这些思想和情感表现出来。"③他"比一般人具有更敏锐的感受性,具有更多的热忱和温情,他更了解人的本性,而且有着更开阔的灵魂;他喜欢自己的热情和意志,内在的活力使他比别人快乐得多;他高兴观察宇宙现象中的相似的热情和意志,并且习惯于在没有找到它们的地方自己去创造。"④在一个人心被程式化的生活所钝化的环境中,诗人应当以自己的敏锐保持住诗之为"真理"的品性,帮助读者把自己的情感与重大的题材关联起来。华兹华斯本人就有着这样的使命感,在《序曲》第一卷中,他表达了发现自己成长的环境与内在的禀赋与"诗人"的特质相契合的喜悦。

在华兹华斯看来,诗歌最重要的特质除了表现在对日常真实的情感和语言的模仿外,还表现在想象力上。关于诗歌中的想象力的论述,集中在1815年版《抒情歌谣集》序言。这一版的《抒情歌谣集》只收录了华兹华斯一个人的诗。

在这篇序言里,他旨在对新版诗集中的诗歌分类及排序做一个说明。他从一个大的图景入手,总结了诗人写诗所需的能力——观察和描绘、感受性、沉思、想象和幻想、虚构、判断,它们负责收集和产生诗的素材,这些素材经由诗不同的体裁——叙述诗、戏剧诗、抒情诗、田园诗、说教诗和哲学讽刺诗,而产生各种不同的形式。华兹华斯在分类与排列这些诗歌的时候,主要遵循了人类生活的过程——"从童年开始,以老年,死亡和不朽结束。"⑤同时也兼顾了诗歌的体裁与题材,以及"写诗时在心中占主要地位的能力"。⑥ 在基于这种种考虑的分类中,他认为"幻想和想象的诗"这一类需要引起特别的注意。他分别就想象力与幻想的特点做了详细的说明。

---

① 刘若端. 十九世纪英国诗人论诗. 北京:人民文学出版社,1984:18.
② 刘若端. 十九世纪英国诗人论诗. 北京:人民文学出版社,1984:19.
③ 刘若端. 十九世纪英国诗人论诗. 北京:人民文学出版社,1984:18.
④ 刘若端. 十九世纪英国诗人论诗. 北京:人民文学出版社,1984:13.
⑤ 刘若端. 十九世纪英国诗人论诗. 北京:人民文学出版社,1984:39.
⑥ 刘若端. 十九世纪英国诗人论诗. 北京:人民文学出版社,1984:39.

他认为，想象力"意味着心灵在那些外在事物上的活动"①，这种活动使客观存在的对象成为一个"新的存在"②，它要么赋予一些额外的特性给这个对象，要么从对象中抽出它的确具有的一些特性，并且不仅表现在对单独意象的作用上，而且表现在几个联合意象的同构上。除此以外，想象力还能"造形和创造"③，这指的是"把众多合为单一"及"把单一分为众多"④的能力，他认为这种能力是神圣而庄严的。并且，他特意区分了"诗的想象力"和"人的和戏剧的想象力"的不同：前者的特点是"热情和沉思"⑤，并有抽象的普遍性和永久性，代表是《圣经》的预言和抒情的部分，还有弥尔顿、斯宾塞的作品；后者的特点更集中地体现在对思想情感的处理、对人物构造的规定和对动作过程的决定上，代表是莎士比亚的作品。最后，他充分肯定了想象力"有着使人高尚的倾向。"⑥

和想象力更多地关注对象的"天生的内在的"特性相比而言，幻想更关注对象的"偶然的突出的"特性。⑦ 幻想试图通过广泛的联想来弥补个别价值的缺乏，大量罗列的意象及彼此之间巧妙的结合，常常造成惊奇、滑稽、有趣、柔和或凄惨的效果。不过，"幻想是在于刺激和诱导我们天性的暂时部分，想象是在于激发和支持我们天性的永久部分。"⑧然而，幻想的活跃能力也不啻为一种创造力，因而常被优秀的诗人用于与想象力交替使用，以使诗歌的表现手法更加丰富多彩。

4.4.2 这一观点在华兹华斯诗歌中的体现

我们发现，在华兹华斯的诗歌世界里，真情总是与自然相伴而生，其果效就是美德，堕落则总是城市的陋疾。这显然是受了卢梭的影响。

《露西·格瑞》(1799)这首诗就描写了一个住在"辽阔荒地"的小女孩，她甚

---

① 刘若端. 十九世纪英国诗人论诗. 北京：人民文学出版社, 1984：42.
② 刘若端. 十九世纪英国诗人论诗. 北京：人民文学出版社, 1984：45.
③ 刘若端. 十九世纪英国诗人论诗. 北京：人民文学出版社, 1984：46.
④ 刘若端. 十九世纪英国诗人论诗. 北京：人民文学出版社, 1984：46.
⑤ 刘若端. 十九世纪英国诗人论诗. 北京：人民文学出版社, 1984：47.
⑥ 刘若端. 十九世纪英国诗人论诗. 北京：人民文学出版社, 1984：48.
⑦ 刘若端. 十九世纪英国诗人论诗. 北京：人民文学出版社, 1984：49-50.
⑧ 刘若端. 十九世纪英国诗人论诗. 北京：人民文学出版社, 1984：50.

至"没有同伴、朋友"①，在寒冷的雪天午后，爸爸派她给在城里的妈妈送一盏提灯，雪地里给妈妈照亮，小姑娘欣然前往，她一个人"上坡下坡，越岭翻山"，却不幸遇到了提前到来的大风暴，在走到木桥中段的时候不慎跌落，只留下一串戛然而止的脚印给她焦急前来寻找的父母。这个小姑娘的身影给人们留下了美好的追忆，她善良、勤劳、灵巧、单纯、"甜蜜温柔"、孝顺，"石块上、沙土上，她只顾前行，/从来不回头望望；唱着一首歌，寂寞凄清，/歌声在风中回荡。"②

《我们是七个》(1798)里的"乡下小姑娘"也是有着"一身乡野气息"③。这个小姑娘原本有七个兄弟姐妹，可是其中有两个哥哥姐姐相继夭折，当诗人问她一共有几个兄弟姐妹时，她连连说"我们是七个"④，无论诗人怎么提醒她，那两个已经死去，所以现在还剩下五个，她都不依，坚持把两个已经离开人世的哥哥姐姐算上。对于她而言，死亡并不能改变她们之间的亲密关系，他们不过是"睡了""睡在那棵树底下"⑤。"睡了"，这是一种多么自然的状态，一种她多么习惯的状态，这里没有丝毫的"隔绝"，因此也没有悲哀。她常常来到那棵树下，依偎着哥哥姐姐的坟头，在那里织毛袜、缝手绢，甚至常常端着小粥碗来这里吃晚饭，或者在这附近玩耍。对于她而言，哥哥姐姐依然在啊，只不过在睡觉而已。是贴近自然的生活给了她这样天真的信仰。

当然，这个女孩的身份除了是"乡野之子"，而且是"孩子"，这双重的禀赋使得她能有这样的轻省。华兹华斯对"孩子"十分崇尚，他认为孩子离永恒更近，因而是"成人的父亲"，人所走的是一条可悲的败落与偏离之路，老年甚为寒碜可叹！成人"审视过人间生死"，孩子那里却只有"永恒"的视角。在华兹华斯堪称杰作的长诗《永生的信息》(1802—1804)中，对孩子有类似的表述，"在你看来，墓穴无非是一张寂静的眠床，/不知白昼，不见阳光，/让我们在那儿沉思，在那儿期待。"⑥

---

① 华兹华斯．华兹华斯诗选．杨德豫，译．桂林：广西师范大学出版社，2009：10.
② 华兹华斯．华兹华斯诗选．杨德豫，译．桂林：广西师范大学出版社，2009：12.
③ 华兹华斯．华兹华斯诗选．杨德豫，译．桂林：广西师范大学出版社，2009：13.
④ 华兹华斯．华兹华斯诗选．杨德豫，译．桂林：广西师范大学出版社，2009：15.
⑤ 华兹华斯．华兹华斯诗选．杨德豫，译．桂林：广西师范大学出版社，2009：14.
⑥ 华兹华斯．华兹华斯诗选．杨德豫，译．桂林：广西师范大学出版社，2009：248.

当然，这只是他的一层感喟。对于年华的逝去，他也不乏积极乐观的看法。虽然离永生之海越来越远，然而往昔的余烬还留下了些许火星，是成人可以努力把握住的，那就是同情心、源于苦难创伤的能够抚慰心灵的思想、洞察死生的信念，当然，还有自然。童年一去不复返，但这些可以一直陪伴着成人，成为欢乐与宁静的源泉，直到生命的终结。虽然是退而求其次，可也是宿命，更是一种积极的、带着悲壮的追寻。所以，我们"无需悲痛"①，眼泪也无法表达。正是因为如此，华兹华斯一边哀叹童年的远去，但又并不沉浸在这种无可挽回的悲观情绪中。总体来看，他的满足、宁静胜过失意、惋惜。童年诚可贵，成人也可以不哀。依然可以浮现出一条"成长"而不止是"衰退"的历程，这是对年华逝去最好的慰藉。只是这成长如逆水行舟，需要加倍努力才行。

这一点，与许多别的浪漫主义者颇有不同。对于华兹华斯，浪漫并不一定等同于感伤。他一边追忆童年，一边乐在当下，一边欣赏成长，一边展望天国。就这样从从容容、漫漫长长活了80年。

《迈克尔》(1800)是华兹华斯一首著名的长诗。这是一个悲剧故事，读后令人唏嘘感喟。故事的主角是迈克尔一家三口。迈克尔是一个牧羊人，常年穿梭在自然中，与羊群厮守。"谁要是猜想，这里的青山、翠谷、/溪流、岩石，都与牧羊人的心境/漠不相关，那可就大错特错了。/这原野，他常在这里畅快地呼吸；/这山岭，他曾多少次健步攀登；/这些熟悉的老地方，把多少往事/铭刻在他的心底"②大自然塑造了他的性情，他诚实、勤劳、神志清朗，"不论刮的是什么风，狂风唱的是/什么调，他都明白其中的含义；/往往，当别人谁也不曾留神，/他却听到了南风在隐约吹奏，/仿佛远处高山上传来的风笛。"③于是，他会马上赶赴羊群吃草的山坡，保护它们脱离风暴的危险，"保住他正当的收益。"④迈克尔还有个比他年轻20岁的老伴，这老婆子也十分勤劳，不是在拾掇家务，就是在纺线，她有两架纺车，大的纺羊毛，小的纺麻，不是一架在转动，就是另一架。她睡得挺晚，屋子常常在夜里还亮着灯，给她干活照亮，所以山坡上的小

---

① 华兹华斯. 华兹华斯诗选. 杨德豫，译. 桂林：广西师范大学出版社，2009：251.
② 华兹华斯. 华兹华斯诗选. 杨德豫，译. 桂林：广西师范大学出版社，2009：56.
③ 华兹华斯. 华兹华斯诗选. 杨德豫，译. 桂林：广西师范大学出版社，2009：56.
④ 华兹华斯. 华兹华斯诗选. 杨德豫，译. 桂林：广西师范大学出版社，2009：56.

屋有了一个"晚上的金星"①的雅号，这是多么光荣的称赞啊！迈克尔老年得子，视之如珍宝。孩子还小时，他像慈母一样哄他。大了一点，就开始训练他当一个小羊倌。从此放羊的时候，老爷子不再孤单。可是灾难却悄然临到这个和平的家庭。迈克尔在多年前曾给一个侄子做了保人，可如今这个人遭了难，家财一空，害得迈克尔也得为他还债。这笔债并不小，差不多抵得上他的一半家业。迈克尔舍不得卖掉家里祖传的田产，就打了主意派孩子路克到城里一个富亲戚那里，在他的帮助下攒点钱，这样将来路克也不至于失去这份田产。没想到离开了单纯的乡间生活的路克如同失去了根，很快就被城市的花花世界带走了，"在那座荒淫浪荡的城市里，/他终于陷进了泥坑；丑事和耻辱/弄得他没脸见人，最后他只得/逃到海外去，找一个藏身之所。"②移风易俗易，路克被虚妄的环境改变，丢失了自然从小给他的美好熏陶，不再渴慕美好，从真实遁入虚妄，并且永远地逃离了真实，这也见证了城市生活乃是罪孽的起源，而自然则是美德的学校。当然，这是华兹华斯的逻辑，也正是顺承了卢梭的思路。路克出事，给迈克尔夫妇带来的打击是多么沉重呵！此后的故事很快就结束了，这对老夫妇的指望和欢乐都被带走，他们的心仿佛被抽空了一般。七年后，迈克尔亡故，再过三四年，老婆子也悄然离世。在这段悲伤无望的岁月里，仍是自然带给了老牧羊人迈克尔最后的陪伴与安慰，如同以往。"他照样上山去，/仰望太阳和云彩，听风的呼唤；/照样干各种活计，侍弄那群羊，/侍弄那块地——他那份小小产业。"③

《鲁思》(1799)是又一个悲伤的故事。故事的主角鲁思是一个单纯的乡下姑娘。她从小就经历人世的沧桑。母亲不知何故离开了家，她七岁不满，父亲娶了后妈。由于缺乏人关心，她成天在自然中游荡。是孤苦，也是蒙福。她在自然中是这样的随心所欲，自由自在。"她用燕麦秆做一支短笛，/一吹，笛音便悠然响起，/好似风声或水声；/她在草地上搭了个棚子，/看来，她仿佛天生就是/山林草莽的幼婴。"④在这里，她"自满自足，不喜也不忧。"⑤时间一长，自然也塑造

---

① 华兹华斯. 华兹华斯诗选. 杨德豫，译. 桂林：广西师范大学出版社，2009：59.
② 华兹华斯. 华兹华斯诗选. 杨德豫，译. 桂林：广西师范大学出版社，2009：69-70.
③ 华兹华斯. 华兹华斯诗选. 杨德豫，译. 桂林：广西师范大学出版社，2009：70.
④ 华兹华斯. 华兹华斯诗选. 杨德豫，译. 桂林：广西师范大学出版社，2009：99.
⑤ 华兹华斯. 华兹华斯诗选. 杨德豫，译. 桂林：广西师范大学出版社，2009：99.

了她美好的性情,"她的心灵与自然为侣,/孤苦,和善,又温柔。"①然而一个从美国回来的军官却打破了她宁静的生活。这个军官本来也是大自然抚育大的孩子,"想当年,他还是小孩,/太阳的金辉,月亮的银辉,/柔声细语的清清溪水,/给了他多少愉快!"②但是他的性情因为新的经历而发生了改变,美洲的自然环境使他变得更加狂暴乖戾,更关键的是,他结交了一群顽劣的伙伴,所以陷入邪念中不能自拔。但华兹华斯说:"他荒唐顽劣的谋求,/有时候,其中也会拌有/纯正的意图和心愿;/因为,他那些激情豪兴/既然得力于奇观丽景,/就该有高雅的一面。"③在这里我们很容易看出,华兹华斯把自然归为美好的源头,而把恶归于人的恶习。他比较不强调普遍的人性这个概念,而更关注人性中可以被塑造的部分,即可以被环境改变的部分。显然这军官保留了一部分自然的美好,但是掺杂了恶的习俗的影响。所以,在与鲁思交往的过程中,有美好的诉说与倾听,最后却毁于军官的不坚定。他们私自定下誓约,到头来军官却抛弃了一腔衷情的鲁思。可怜的鲁思到底是孤单的命,陪伴她的人很快就消失无踪,她因为承受不了这巨大的打击,精神失常被关押起来——这是她第一次信任人,第一次经历到人与人的亲密关系,第一次走出大自然的护佑,就遭遇到如此残忍决绝的欺骗。后来,她逃出了牢房,又回到对她不离不弃的自然,只是这个时候的她不再"不喜也不忧",而是伤透了心。"触动她愁思的阳春景致,/引起她伤感的池水山石,/绿叶间,清风和畅;/对这些,她依然深情眷爱,/生怕对它们有什么伤害——/像别人伤害她那样。"④她也继续吹笛,只不过不再是燕麦秆做的短笛,而是茵陈蒿做的长笛,笛声幽咽,排遣着她的无尽凄苦,引得路人也为她悲叹。好在最终她要被"神圣的泥土"⑤掩埋,安息在她最熟悉、最喜爱、最信任的自然的怀抱里,与一切的伤害完全隔离。

写到这里,我们在第二章提到的华兹华斯的人性观与自然观结合的逻辑已经非常清晰地呈现在眼前——自然是真情与美德的土壤,这个经由卢梭,风行整个

---

① 华兹华斯. 华兹华斯诗选. 杨德豫,译. 桂林:广西师范大学出版社,2009:105.
② 华兹华斯. 华兹华斯诗选. 杨德豫,译. 桂林:广西师范大学出版社,2009:100.
③ 华兹华斯. 华兹华斯诗选. 杨德豫,译. 桂林:广西师范大学出版社,2009:104-105.
④ 华兹华斯. 华兹华斯诗选. 杨德豫,译. 桂林:广西师范大学出版社,2009:108.
⑤ 华兹华斯. 华兹华斯诗选. 杨德豫,译. 桂林:广西师范大学出版社,2009:109.

欧洲的浪漫主义纲领最终成为华兹华斯自然观的拱石。它肯定着华兹华斯自然神论的人性观并为其提供支撑，使其不至于与基督教的大框架相抵牾，同时又衔接泛神论遗留下来的对自然的赞美，使四个因素最终成为一体。基于浪漫主义的因素在他心目中的位置，把他称为英国浪漫主义的开风气之先者和奠基人物，并不为过。

结　语

  20世纪著名的基督徒文学家路易斯(C. S. Lewis)在《四种爱》中谈到了他对"自然之爱"的看法，他的看法应该能够代表正统的基督教观点。他批评了前期华兹华斯的自然施教说，他一再直截了当地指出，"自然并不施教"①。基督教并不排斥自然的美，但不会把自然当做是上帝，对它做出超过它本性的期待。自然与信仰合适的关系是，前者成为后者的"填充"，使后者"具体化"②。因为受造物显现出造物主的荣耀，这原本是应当的。但是，在欣赏、赞美大自然的时候一定要适可而止，"千万不要试图发现一条捷径穿越它、超出它，达到对上帝更多的认识。"③相反地，"我们必须绕道，离开山野树林，回到书房、教会、圣经，回到屈膝祷告上。"④唯有这样，才能保持住对自然的爱。这看起来似乎有点悖论，但却揭示了一个重要的真理：万物各适其位，一旦僭越了本来的位置，反倒会失去原有的价值。所以，不要中了魔鬼的诡计，而应当把上帝放在自然之上，而不是以自然取代上帝。当自然仅仅为彰显上帝荣耀的时候，也正是自己最荣耀的时候。路易斯认为"柯勒律治最终对自然麻木不仁，华兹华斯以哀叹自然荣耀的消逝而告终"⑤都是因为他们"竭力为爱自然而活"⑥，自然就在他们身上"殒逝"⑦了。这么说并不表示他不重视自然之爱，当然，是就其对信仰的帮助而言。他认为来自自然的这些体验对于理解上帝的荣耀非常重要，它提供了我们表达信仰的

---

① C. S. 路易斯. 四种爱. 汪咏梅, 译. 上海: 华东师范大学出版社, 2007: 9.
② C. S. 路易斯. 四种爱. 汪咏梅, 译. 上海: 华东师范大学出版社, 2007: 10.
③ C. S. 路易斯. 四种爱. 汪咏梅, 译. 上海: 华东师范大学出版社, 2007: 11.
④ C. S. 路易斯. 四种爱. 汪咏梅, 译. 上海: 华东师范大学出版社, 2007: 11.
⑤ C. S. 路易斯. 四种爱. 汪咏梅, 译. 上海: 华东师范大学出版社, 2007: 11.
⑥ C. S. 路易斯. 四种爱. 汪咏梅, 译. 上海: 华东师范大学出版社, 2007: 11.
⑦ C. S. 路易斯. 四种爱. 汪咏梅, 译. 上海: 华东师范大学出版社, 2007: 11.

"语言"①。他还说,"倘若未曾见过万丈的深渊和嶙峋的峭壁,我就不知道何谓'敬畏'上帝,以为'敬畏'上帝不过是稍稍谨慎以保安全而已;倘若自然不曾唤醒我内心的某些渴望,依我所见,我现在所谓的对上帝的'爱'很大一部分绝不会存在。"②换言之,自然拓展了我们的生存体验,它是我们认识上帝的绝好"入门"③,甚至对有些人而言,这样的入门还是"不可或缺"④的。

著名的宗教改革家加尔文也说过类似的话:"大自然荣耀神的单纯见证的确不足以使我们认识神,因为我们透过大自然察觉到神的存在,却又拒绝他。"⑤他很喜欢用"剧场"这个说法来描述大自然之被造是为了述说造物主的荣耀,相对于大自然而言,人便是这个剧场里的"观众"。不过,他认为"虽然人迫切需要留心要认真思考神创造的作为(神将人安置在这个宇宙剧场中做这奇妙作为的观众),但人更需要留心听神的道,好使自己获得更大的益处。"⑥《圣经》的重要性在于,"神赏赐圣经给一切他所喜悦教导的人,因他知道即使宇宙中最美丽的受造物也不能使人认识他。"⑦

然而,神学家们冷静确凿的结论,却是一位诗人要用自己鲜活的感情去一一体证的,华兹华斯的经历尤为典型。他一生在自然观上的寻求经历了许多突破与重组,最终,他选择使泛神论让位于英国国教,并在这个信仰的框架下,融入了对自然一往情深的爱,融入了自然神论里对人的美德的赞美,融入了卢梭式的浪漫主义对自然之为真情与美德的土壤的观念。这个过程,是华兹华斯自己的创造,也是那个时代的一个结晶。

在一个思想变更与重塑的时代里,人们不得不对宗教信仰、政治体制、文化形式等人类生活所涉及的重大主题进行重新认识和诠释,而如何看待自然,也成为一个矗立在众人面前、无法绕开的问题。无论是科学家、改教家、哲学家还是浪漫主义者,无一例外都作出了自己的回答。他们的回答也都不同程度地影响到

---

① C.S. 路易斯. 四种爱. 汪咏梅,译. 上海:华东师范大学出版社,2007:10.
② C.S. 路易斯. 四种爱. 汪咏梅,译. 上海:华东师范大学出版社,2007:10.
③ C.S. 路易斯. 四种爱. 汪咏梅,译. 上海:华东师范大学出版社,2007:11.
④ C.S. 路易斯. 四种爱. 汪咏梅,译. 上海:华东师范大学出版社,2007:11.
⑤ 加尔文. 基督教要义. 钱曜诚,等,译. 上海:三联书店,2010:37.
⑥ 加尔文. 基督教要义. 钱曜诚,等,译. 上海:三联书店,2010:41.
⑦ 加尔文. 基督教要义. 钱曜诚,等,译. 上海:三联书店,2010:42.

结　语

华兹华斯的自然观,这一方面体现了华兹华斯是一位富有时代感的诗人,一方面也体现了那个时代的多面性与多样性。

华兹华斯著作的中译前辈杨德豫先生在《华兹华斯、柯尔律治诗选》后记中十分中肯地概括了英美学者对华兹华斯的评价,他说:"19 世纪,华兹华斯在国外远没有拜伦那样大的名气和影响;在英国国内也是毁誉不一,沉浮不定。直到19 世纪后期,才由权威评论家、诗人马修·阿诺德郑重指出:华兹华斯是英国浪漫主义诗人中成就最高的一个,也是莎士比亚和弥尔顿以后英国最重要的诗人。20 世纪以来,这种评价逐渐得到英美文学界多数人的认同,也被各种文学史、传记、辞书所沿用。现在,在英美各派文艺理论家、批评家、文学史家中间,对这一结论提出重大异议的已经不多了。"①

他进而列出了这种评价的 8 个依据。一、他和柯尔律治共同开创了英国文学的浪漫主义时代,他提出"一切好诗都是强烈情感的自然流溢",为英国乃至整个欧洲的浪漫主义诗歌定下了基调。二、他是 20 世纪欧美新诗理论的先驱,在《抒情歌谣集》序言中把诗和诗人的地位、使命和重要性提到了前所未有的高度。三、他的代表作《序曲》《廷腾寺》《永生的信息》等,以发掘人的内心世界为主旨,开了 20 世纪现代诗风的先河,是英诗向现代诗过渡的起点,因而他被称为"第一位现代诗人"。四、他是"讴歌自然的诗人"(雪莱语),在自然与上帝、自然与人生、自然与童年的关系上多有新颖的表达。五、他首创了一种清新质朴的诗歌语言,影响了一代又一代的诗人。六、他终生定居乡野,亲近下层民众,以他们为自己诗歌的主角。七、在欧洲情势危急时,他写了许多鼓励英国国民抵抗拿破仑侵略的诗,富有时代气息。八、他使素体诗和十四行诗获得了新的生命和力量。②

江枫在人民文学出版社出版的《华兹华斯、柯尔律治诗选》前言中认为,华兹华斯和柯勒律治"在不同程度上影响了司各特、雪莱、济慈、德·昆西、兰姆、赫兹利特、亨特,和较晚的胡德、丁尼生、勃朗宁、罗斯金、斯蒂文森、哈代、吉卜林等人。"③

---

① 华兹华斯. 华兹华斯诗选. 杨德豫,译. 桂林:广西师范大学出版社,2009:272.
② 华兹华斯. 华兹华斯诗选. 杨德豫,译. 桂林:广西师范大学出版社,2009:273.
③ 华兹华斯. 华兹华斯诗选. 杨德豫,译. 桂林:广西师范大学出版社,2009:270.

华兹华斯影响深远，他在题材、语言、诗歌理论等方面都有所突破，开一代风气之先；而对自然的深厚感情则几乎成为识辨他的标志，也成为我们探索自然在心灵中的奥秘关系时必然问津的资源。他的自然观固然生长于那个特殊的浪漫主义时代，在他之前也已经开始有关注自然的英国诗人出现，但其自成一体，创作时间之长、品味之深远、经历之丰富、纲领之独特，却是人类的自然观历史上浓墨重彩的一笔。因此，对他的体验之咀嚼、反思，有助于丰富我们对自然的认识，也有助于我们理解他自然观背后的一个更大的人类思想的历程。

参考文献

(一) 华氏诗歌底本

1. Wordsworth W. The Collected Poems of William Wordsworth. London: Wordsworth editions Ltd., 1995, reset in 2006.
2. Wordsworth W. The Prelude, 1799, 1805, 1850. New York: W. W. Norton & Company, 1979.
3. Wordsworth W. Lyrical Ballads and Other Poems. London: Wordsworth Poetry Library, 2003.
4. Wordsworth W. Early poems and fragments, 1785-1797. New York: Cornell University Press, 1997.
5. Wordsworth W. Last poems, 1821-1850. New York: Cornell University Press, 1999.
6. Wordsworth W. The major works. Oxford: Oxford University Press, 2008.

(二) 华氏诗歌及传记中译本

1. 华兹华兹. 华兹华斯诗选. 杨德豫, 译. 桂林: 广西师范大学出版社, 2009.
2. 华兹华兹. 序曲或一位诗人心灵的成长. 丁宏为, 译. 北京: 中国对外翻译出版公司, 1999.
3. 杭特. 戴维. 华兹华斯. 赵国梅, 译. 台湾: 名人出版社, 1980.

(三) 国内对他的研究的专著

1. 丁宏为. 理念与悲曲——华兹华斯后革命之变. 北京: 北京大学出版社, 2002.

2. 苏文菁. 华兹华斯诗学. 北京：社会科学文献出版社，2000.

3. 赵光旭."化身诗学"与意义生成——华兹华斯〈序曲〉的诠释学研究. 上海：上海译文出版社，2007.

(四)国外对他的相关的研究专著

1. Raleigh W. Wordsworth. Edinburgh：Edward Arnold& Co. ，1932.

2. Purkis J A. A Preface to Wordsworth. London：Longman，1971.

3. Brooke S A. Theology in the English Poets. London：J. M. Dent & Sons，Ltd. ，1910.

4. Bate J. Romantic Ecology：Wordsworth and the Environmental Tradition. London：Routledge，1991.

5. Wlecke A O. Wordsworth and the sublime. Berkeley：University of California Press，1973.

6. Ruston S. Romanticism 上海：上海外语教育出版社，2009.

7. Poplawski P. English literature in context. Cambridge：Cambridge University Press，2008.

8. Peake C. Poetry of the landscape and the night：two eighteenth-century traditions. London：Edward Arnold LTD. ，1967.

9. Ulmer W A. The Christian Wordsworth，1798-1805. Albany：State University of New York Press，2001.

10. Gaull M. English romanticism：the human context. New York：W. W. Norton，1988.

11. Easterlin N. Wordsworth and the question of "romantic religion". Pennsylvania：Bucknell University Press，1996.

12. Haney D P. William Wordsworth and the hermeneutics of incarnation. Pennsylvania：Pennsylvania State University Press，1993.

13. Nicolson M H. Mountain gloom and mountain glory：the development of the aesthetics of the infinite. Seattle：University of Washington Press，1997.

14. Gill S. The Cambridge companion to Wordsworth. Cambridge：Cambridge

University Press, 2003.

15. Mason E. The Cambridge Introduction to William Wordsworth. Cambridge: Cambridge University Press, 2010.

16. Brennan M. Wordsworth, Turner, and romantic landscape: a study of the traditions of the picturesque and the sublime. Columbia, S. C.: Camden House, 1987.

17. Lacey N. Wordsworth's view of nature: and its ethical consequences. Cambridge: Cambridge University Press, 1948.

18. Watson J R. Wordsworth's vital soul: the sacred and profane in Wordsworth's poetry. London: Macmillan, 1982.

19. Martin A D. The religion of Wordsworth. London: George Allen & Unwin, 1936.

20. Kelley T M. Wordsworth's revisionary aesthetics. Cambridge: Cambridge University Press, 1988.

21. Wordsworth J. The Music of Humanity: A Critical Study of Wordsworth's "Ruined Cottage"; Incorporating Texts from a Manuscript of 1799-1800. Michigan: Nelson, 1969.

(五) 与主题相关的其他论著

1. 勃兰兑斯. 十九世纪文学主潮. 北京: 人民文学出版社, 1981.

2. 让. 贝里埃, 伊. 库什那, 罗. 莫尔捷, 让. 韦斯格尔伯主编. 诗学史. 史忠义, 译. 开封: 河南大学出版社, 2010.

3. 王佐良. 英国诗史. 南京: 译林出版社, 1997.

4. 高伟光. 英国浪漫主义的乌托邦情结. 北京: 中央编译出版社, 2004.

5. 约翰·加尔文. 基督教要义. 钱曜诚等, 译. 北京: 三联书店, 2010.

6. 蒂莫西·乔治. 改教家的神学思想. 王丽, 译. 北京: 中国社会科学出版社, 2009.

7. 奥尔森. 基督教神学思想史. 吴瑞诚, 徐成德, 译. 北京: 北京大学出版社, 2003.

8. 托伦斯. 神学的科学. 阮炜, 译. 北京: 中国人民大学出版社, 2003.

9. 汉斯·昆. 基督教大思想家. 包利民, 译. 北京: 社会科学文献出版社，2001.

10. 汉斯·昆，瓦尔特·延斯. 诗与宗教. 李永平，译. 北京：三联书店，2005.

11. 莫尔特曼. 创造中的上帝——生态的创造论. 隗仁莲，苏贤贵，宋炳延，译. 北京：三联书店，2002.

12. 雅福尔斯卡娅. 法国巴比松风景画派. 平野，译. 成都：四川人民出版社，1984.

13. 雅克·巴尊. 古典的，浪漫的，现代的. 侯蓓，译. 南京：江苏教育出版社，2005.

14. 刘若端. 十九世纪英国诗人论诗. 北京：人民文学出版社，1984.

15. 弗兰西斯·哈奇森. 论美与德性观念的根源. 高乐田，黄文红，杨海军，译. 杭州：浙江大学出版社，2009.

16. 丹尼尔·哈列维. 尼采传. 谈蓓芳，译. 南昌：百花洲文艺出版社，1994.

17. 詹姆斯·米勒. 福柯的生死爱欲. 高毅，译. 台北：时报文化出版社，1995.

18. 孙宜学. 中外浪漫主义文学导引. 上海：同济大学出版社，2002.

19. 泰奥菲尔·戈蒂耶. 浪漫主义回忆. 赵克非，译. 北京：人民文学出版社，2011.

20. 何怀宏. 生态伦理——精神资源与哲学基础. 保定：河北大学出版社，2002.

21. 卢梭. 论科学与艺术. 陈修斋，译. 北京：商务印书馆，1963.

22. 辜鸿铭. 中国人的精神. 黄兴涛，宋小庆，译. 桂林：广西师范大学出版社，2002.

（六）与主题相关的其他英文论著

1. Monk S H. The sublime：a study of critical theories in XVIII-century England. Ann Arbor：University of Michigan Press，1960.

2. Ashfield A, Bolla P de. The sublime：a reader in British eighteenth-century aesthetic theory. Cambridge：Cambridge University Press，1996.

3. Rivers I. Classical and Christian ideas in English Renaissance poetry：a students' guide. New South Wales：G. Allen & Unwin，1979.

4. Babbitt I. Rousseau and romanticism. Boston：Houghton Mifflin Company，1919.

参考文献

5. Workman H B. The evolution of the monastic ideal from the earliest times down to the coming of the friars: a second chapter in the history of Christian renunciation. London: Epworth Press, 1927.
6. Hutcheson F. A system of moral philosophy. 台北：协志工业丛书出版股份有限公司, 1989.
7. Johnson S. A Dictionary of the English Language, London: consortium, 1786.

附录 3.2 相关地图

图 1　英国全貌

图 2　兰姆塞德村庄

附录 3.2 相关地图

图 3 波特兰海岬